REBIRTH ACE 라버스 에이스

REBIRTH ACE 리버스 에이스 17

한승현 장편 소설

초판 1쇄 찍은 날 | 2017년 12월 15일
초판 1쇄 펴낸 날 | 2017년 12월 22일

지은이 | 한승현
펴낸이 | 예경원

기획 | 위시북스
편집책임 | 이규재
편집 | 이즈플러스

펴낸곳 | 예원북스
등록번호 | 제396-2012-000132호
등록일자 | 2012. 7. 25
KFN | 제1-196호

주소 | 경기도 고양시 일산동구 호수로 646-24 위너스21 II 빌딩 206A호 (우)10401
전화 | 031-819-9431 팩스 | 031-817-9432
E-mail | yewonbooks@naver.com

ⓒ한승현, 2016

ISBN 979-11-6098-689-1 04810
      979-11-5845-486-9 (set)

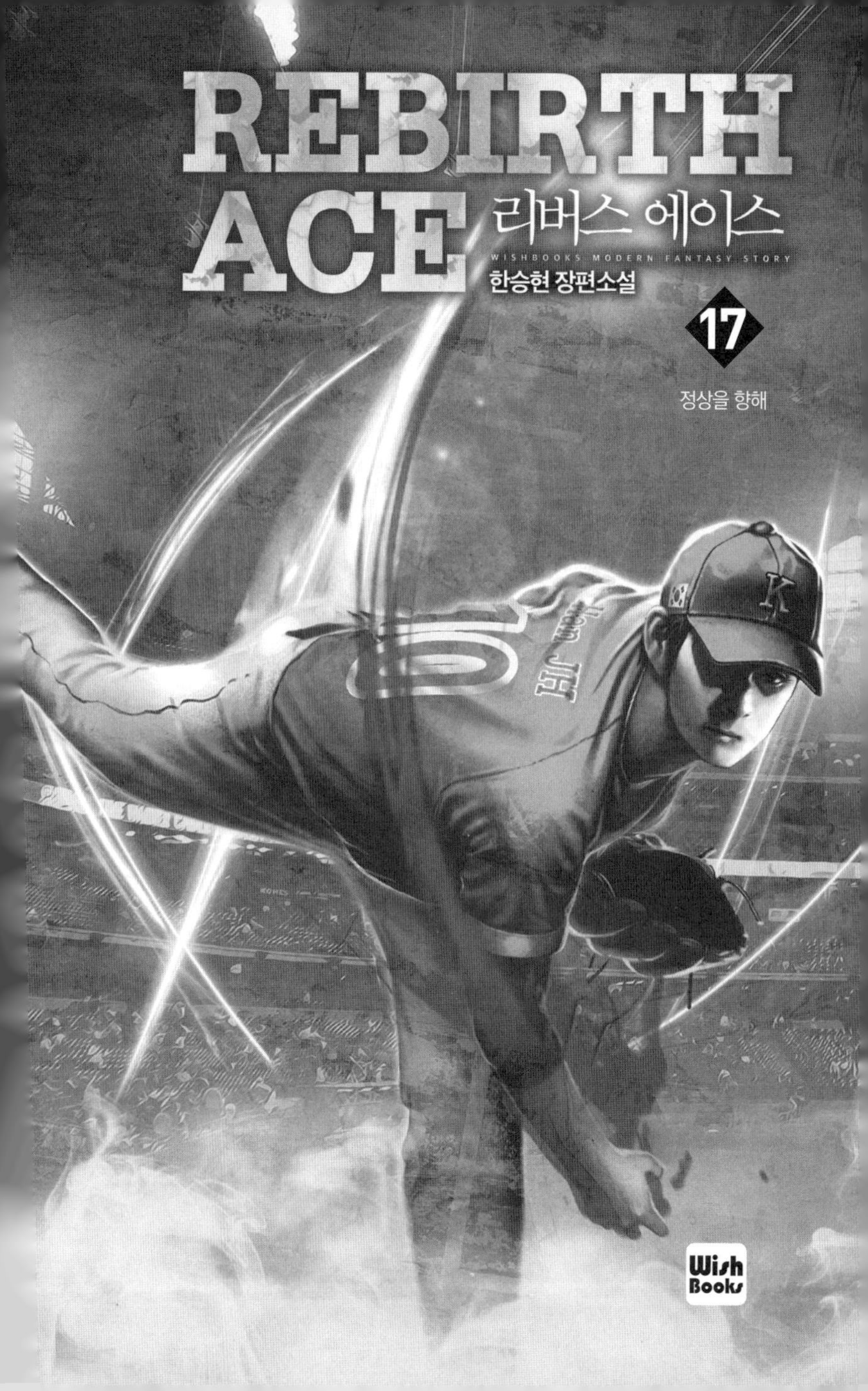
REBIRTH
ACE
리버스 에이스
WISHBOOKS MODERN FANTASY STORY
한승현 장편소설
17
정상을 향해
Wish
Books

CONTENTS

115장
윈터 미팅(1)

"아버지가 좀 무서우세요. 그러니까 오빠가 최대한 이해해 주세요."

모모코는 부모님이 한정훈과 자신의 교제를 반대할지도 모른다고 여겼다. 하지만 정작 모모코의 부모는 한정훈을 보기가 무섭게 사위를 대하듯 살갑게 굴었다.

특히나 가부장적이라던 모모코의 아버지 하리모토 사토시는 아예 한정훈의 옆에서 떨어질 생각을 하지 않았다.

"한정훈 선수, 아이들을 통해 이야기 많이 들었습니다. 정말 반가워요."

"인사가 늦어서 죄송합니다, 아버님."

"아닙니다, 아니에요. 아들 녀석도 한정훈 선수에게 신세지고 있는데 이제 모모코까지 신세를 지게 됐으니 내가 더 미안하지요."

"그 말씀은……?"

"우리 모모코를 좋아해 줘서 정말 고맙습니다. 사실 모모코가 한정훈 선수 처음 봤을 때부터 워낙 좋아해서 우리는 어느 정도 긱오를 하고 있었거든요. 결혼까지는 무리더라도 한정훈 선수와 연애라도 한 번 해보길 바랐는데 이렇게 좋은 소식을 전해 듣게 될 줄은 정말 몰랐습니다."

하리모토 사토시는 진심으로 한정훈이 고마웠다. 하리모토 쇼타가 진심으로 동경하는 선수가 철없는 딸과 진지하게 교제해 준다는 데 마다할 생각은 추호도 없었다.

"아직 많이 부족해요. 내가 틈틈이 가르칠 테니까 조금만 참아주세요."

모모코의 어머니 하리모토 유키도 한정훈의 손을 꼭 잡아주었다.

모모코가 눈에 넣어도 아프지 않을 사랑스러운 딸이기는 했지만 한정훈은 메이저리그 최고의 선수였다. 세계적인 유명 인사들과도 충분히 결혼할 수 있는 위치에 있는 만큼 모모코가 부족해 보일 수밖에 없었다.

하지만 모모코 부모의 걱정과는 달리 한정훈은 지금의 모모코에게 충분히 만족하고 있었다.

"야구 선수들에게 가장 좋은 아내는 예쁜 여자도 능력 있는 여자도 아닌 야구에 집중할 수 있게 도와주는 여자라고 합니다. 음식 솜씨도 좋으면서 착하고 헌신적이고 원정 경기에 나가 있더라도 씩씩하게 견딜 줄 알고 바쁜 남편을 대신해 가정을 지킬 줄 아는. 물론 세상에 그런 완벽한 여자는 없겠지만 모모코는 저를 위해 그런 여자가 되려고 노력해 주고 있습니다. 그러니까 두 분도 너무 걱정하지 마세요."

한정훈이 웃으며 모모코를 칭찬했다. 거기다 어리고 예쁘다는 말도 덧붙여 모모코의 얼굴을 빨개지게 만들었다.

"한정훈 선수가 그렇게 생각해 주니 정말 안심입니다."

"고마워요. 그래도 걱정이에요. 한정훈 선수의 부모님께는 모모코가 마냥 어린아이처럼 보일 테니까요."

출발지가 달라 비행편이 엇갈린 터라 한정훈의 부모와 정아는 1시간 늦게 도착했다. 그 시간 동안 하리모토 쇼타의 부모는 초조함을 감추지 못했다.

"걱정하지 마세요. 저희 부모님도 모모코를 좋아하시니까요."

한정훈은 애써 하리모토 쇼타의 부모를 안심시켰다. 실제로 한정훈의 부모는 물론이고 정아 역시 한정훈과 모모코가 진지하게 만나는 것에 아무런 불만이 없었다.

"꼭 한번 만나 뵙고 싶었는데 이렇게 뵙게 되는군요."

"먼 길 오시느라 고생 많으셨습니다. 하리모토 사토시라고 합니다."

아버지들 간 통성명을 시작으로 한정훈과 하리모토 쇼타의 가족들이 잠시 소개의 시간을 가졌다.

직접 얼굴을 맞대는 건 처음인데도 부모님들은 서로에 대한 호감을 감추지 못했다. 정아와 모모코를 통해 귀가 닳도록 이야기를 전해 들은 탓이었다.

덕분에 한정훈과 하리모토 쇼타가 따로 나서서 뭔가를 할 필요가 없어졌다.

미리 예약한 레스토랑에서 식사를 마친 뒤 한정훈과 하리모토 쇼타의 가족은 양키즈 스타디움을 방문했다. 시즌이 끝나 경기장은 텅 비어 있었지만, 마음 편히 양키즈 스타디움을 구경하기에는 지금이 적기였다.

"여기가 선수들 라커룸이에요."

한정훈은 일일 가이드가 되어 구장을 소개해 주었다. 본래 양키즈 구단 관계자가 가이드를 자청했지만 한정훈이 만류했다. 시즌 중인 것도 아니고 휴식 중인데 굳이 구단 관계자를 번거롭게 만들 생각이 없었다.

간단히 뉴욕을 둘러본 뒤 한정훈의 집에서 두 가족이 모였다. 그 자리에서 한정훈은 공식적으로 모모코와의 교제 사실을 알리고 양가의 허락을 받았다. 이미 사전에 허락이 된 터라 양가 부모는 웃으며 두 사람을 축하해 주었다.

아울러 모모코의 부모는 모모코가 한정훈과 함께 살아도 좋다고 허락했다. 어차피 지금도 반 동거 상태로 모모코가 한정훈과 하리모토 쇼타의 집을 오가고 있지만 그래도 부모의 동의하에 함께 지내는 것과 그저 사랑의 감정만 앞세우는 건 여러모로 느낌이 달랐다.

한정훈의 부모도 약혼식 전까지 사고 치지 않는다는 전제하에 동거를 허락했다.

약혼식은 큰일이 없다면 내년 이맘때쯤 치르기로 했다. 만 나이로 모모코가 아직 19살이다 보니 스무 살이 될 때까지 기다리자는 이야기였다.

한정훈과 모모코는 부모님들의 제안에 군말 없이 고개를 끄덕거렸다. 하리모토 쇼타와 정아도 진심으로 두 사람을 축하해 주었다.

"그럼 내년 초에 찾아뵙도록 하겠습니다."

"그렇게 해주신다면 정말 영광이겠습니다."

그렇게 한정훈과 하리모토 쇼타 가족은 일주일간의 뉴욕 생활을 끝낸 뒤 다시 한국과 일본으로 돌아갔다. 짧은 시간이었지만 뉴욕을 떠날 때쯤 한정훈의 부모와 하리모토 쇼타의 부모는 반쯤 사돈지간이 된 상태였다.

"좋겠다. 좋은 여자 만나서."

하리모토 쇼타가 툭 하고 한정훈의 어깨를 때렸다. 나이는 자신이 한 살 많은데 제 짝을 만나 가정을 이루려는 한정훈을 보고 있자니 부러움을 감추기 어려웠다.

"너도 곧 좋은 여자 만날 기다."

한정훈이 씩 웃으며 하리모토 쇼타를 달랬다. 하리모토 쇼타가 은연중에 정아를 마음에 들어 한다는 걸 모르지는 않지만 정아는 따로 좋아하는 남자가 있는 모양이었다. 그렇다 보니 하리모토 쇼타처럼 여동생과 잘해보라고 밀어줄 수가 없었다.

"그건 그렇고 CF 촬영건은 어떻게 됐어?"

"그거? 아직 조율 중이긴 한데 잘하면 훈련하면서 함께 찍을 수 있을 거 같아."

시즌이 끝나고 정한 그룹 측에서는 베이스 볼 61을 통해 한정훈과의 광고 모델 계약 연장 의사를 전했다. 아울러 기존의 7개 광고를 10개로 늘려 촬영하고 싶다는 제안도 덧붙였다.

시즌 중반부터 한정훈을 광고 모델로 내세우기 위한 물밑 경쟁이 치열한 상황에서 정한 그룹이 지금까지처럼 한정훈을 독점적인 광고 모델로 기용할 방법은 많지 않았다.

그렇다 보니 한정훈이 훈련하는 곳에서 광고 촬영이 진행되길 바란다는 조건에도 긍정적인 반응을 보이고 있었다.

"좋겠다, 너는."

하리모토 쇼타가 부럽다는 투로 말했다. 올 시즌이 끝나고 하리모토 쇼타를 광고 모델로 쓰고 싶다는 기업이 적잖게 늘어난 상태지만 하나같이 자신들이 원하는 스튜디오에서 촬영하길 바라고 있었다.

몇몇 인지도가 낮은 기업에서 하리모토 쇼타의 훈련을 방해하지 않는 선에서 광고 촬영에 협조하겠다는 응답을 보내오긴 했지만, 한국 광고 시장에 비해 대체자원이 많다 보니 하리모토 쇼타에게 목을 매는 분위기는 아니었다.

"그래도 이렇게 함께 훈련하는 덕분에 니케 광고는 건졌잖아."

한정훈이 멋쩍게 웃으며 하리모토 쇼타를 위로했다. 한정훈과 하리모토 쇼타의 합동 훈련 소식이 전해지면서 세계적인 스포츠 브랜드 니케에서 거액의 CF 제안이 들어온 상황이었다.

아직 금액적인 부분을 조율 중이긴 하지만 니케 CF를 찍게 될 경우의 파급력은 상상 이상일 수밖에 없었다.

어쩌면 하리모토 쇼타를 대신해 다른 광고 모델을 찾고 있던 일본 기업들조차 앞다투어 하리모토 쇼타에게 러브콜을 보낼지 몰랐다.

"CF도 CF지만 솔직히 내년 시즌 엄청 부담돼. 조금만 부진해도 2년 차 징크스라고 떠들어 댈 텐데. 으으, 생각만으로도 끔찍하다."

슬쩍 웃음을 보였던 하리모토 쇼타의 입에서 다시 한숨이 흘러나왔다. 올 시즌 18승을 거두며 전문가들의 예상을 뛰어넘는 활약을 펼친 탓에 하리모토 쇼타에 대한 언론과 팬들의 기대치는 상당히 높아진 상태였다.

최소 15승에서 최대 20승.
평균 자책점은 2점대 초반.

사이영상 투표에서 최소 3위 이상은 기록할 것이라는 게 메이저리그 전문가들의 예측이었다.

하지만 하리모토 쇼타는 이 같은 예상이 부담스러웠다. 솔직히 올 시즌도 3선발로 시작해 2선발로 보직을 변경하고 중간중간에 등판 일정이 바뀌면서 손쉽게 승리를 챙긴 경기가 적지 않았다.

진짜 2선발로 로테이션을 소화한 후반기에는 생각보다 많은 승수를 거두지도 못했다.

그런데 언론에서는 당장 내년에 올해보다 더 좋은 성적을 거둬야만 한다고 압박을 하고 있으니 하리모토 쇼타의 어깨가 무거워질 수밖에 없었다.

그러나 한정훈은 걱정할 것 없다고 말했다.

"너라면 잘할 거야. 그러니까 너무 걱정하지 마."

이제는 가물가물한 기억 속에서 하리모토 쇼타는 메이저리그 2년 차 때 자신의 잠재력을 폭발시켰다.

물론 과거와는 달리 데뷔 시즌부터 좋은 성적을 냈으니 2년 차 성적이 과거만큼 나오지 않을지는 몰라도 최소한 올 시즌보다는 더 나은 경기력을 보여줄 것 같았다.

"이상하게 네가 그렇게 말해주면 또 안심이 돼."

하리모토 쇼타가 피식 웃었다. 농담이 아니라 한정훈의 위로를 받고 있으면 답답했던 가슴이 한결 가벼워졌다.

"그런데 이야기 들었어? 다나카 미스히로 선수가 우리 근처에서 개인 훈련을 한다고 하던데?"

"어, 들었어. 다나카 선배 입장에서 대놓고 같이 훈련하자는 말은 하기 어려우니까 자극을 받을 겸 근처에서 훈련하려고 하는 거 같더라고."

"며칠 전에는 테너 제이슨이 그러더니 이러다가 양키즈 선수들이 전부 다 우리 쪽으로 몰려오는 거 아냐?"

"으, 그건 사양이다. 시즌 내내 보는 얼굴인데 오프 시즌까지 보고 싶지는 않다고."

"그건 나도 마찬가지다."

한정훈과 하리모토 쇼타의 합동 훈련은 많은 메이저리그 선수들의 관심을 끌었다.

아메리칸리그 사이영상 수상자인 한정훈과 그의 뒤를 든든히 받치며 2선발 노릇을 제대로 수행한 하리모토 쇼타. 둘의 친분을 떠나 함께 훈련을 결정한 것만으로도 벌써 내년의 활약상이 기대된다는 의견이 적지 않았다.

게다가 언론에서 포스트시즌 일화를 빗대어 한정훈을 자꾸 한 선생으로 추켜세우는 탓에 알게 모르게 한정훈에게 도움을 받고 싶어 하는 선수가 늘어나는 추세였다.

하지만 한정훈은 더 이상 훈련 멤버를 늘릴 생각이 없었다. 하리모토 쇼타야 이미 한 차례 훈련을 한 경험이 있고 또 모모코도 동행해야 하는 만큼 필수 파트너였지만 다른 선수들은 달랐다.

단순히 체력 훈련과 더불어 기존의 구종을 가다듬는 게 목표라면 몰라도 새로운 구종 연마를 준비하는 만큼 다른 선수들에게 신경을 써줄 여유도 없었다.

"그건 그렇고 아직 조용하네."

하리모토 쇼타가 TV 쪽으로 눈을 돌렸다. 윈터 미팅이 시작됐지만, 아직 선수 영입 소식은 들려오지 않았다.

"그러게. 적어도 중심 타자는 좀 보강이 됐으면 했는데."

한정훈의 시선도 TV를 향했다. 5선발 투수부터 시작해 불펜 투수까지 마운드에도 적잖게 구멍이 난 상태지만 한정훈은 팀이 필요할 때 한 방을 때려줄 수 있는 타자의 합류를 절실히 바라고 있었다.

지난 시즌 양키즈의 공격을 이끌었던 건 이적생 제이크 햄튼과 부상에서 돌아온 그린 버드였다.

그중에서도 그린 버드의 활약이 좋았다.

0.325/0.411/0.567.

OPS는 무려 0.978에 달했다.

시즌 중반에 합류한 탓에 그린 버드의 홈런 개수는 27개에 불과했지만 92타점을 올리며 4번 타자로서 제 몫을 다해주었다.

제이크 햄튼도 메이저리그에서 활약하는 첫 시즌에 26개의 홈런과 84타점을 기록하며 중심 타선의 한 축을 담당했다. 하지만 2할대 중반의 타율과 낮은 출루율로 인해 OPS는 0.828밖에 되지 않았다.

전문가들은 제이크 햄튼이 내년 시즌 힘겨운 2년 차를 보내게 될 것이라고 예상했다. 제이크 햄튼이 참을성과 선구안을 기르지 않는 이상 OPS는 올 시즌보다 더 떨어질 가능성이 크다고 경고했다.

아울러 제이크 햄튼에게 어울리는 타순은 3번이 아니라 5번이라고 평가했다. 득점권 타율은 높지만, 경기를 풀어나가는 능력이 떨어지는 제이크 햄튼을 대신해 그린 버드에게 보다 많은 기회를 안겨줄 3번 타자가 필요하다는 이야기였다.

하지만 양키즈 팀 내에는 마땅한 적임자가 없었다.

그린 버드가 오기 전까지 3번과 4번을 오갔던 더스티 애클리는 전성기가 지났다는 소리를 듣고 있었다.

지난 시즌 성적도 좋지 않았다.

홈런 16개에 77타점.

양키즈의 상징성을 생각했을 때 더 이상 중심 타선의 한 자리를 차지하기란 쉽지 않아 보였다.

그렇다고 대타 요원으로 전락한 채이스 해틀리나 브라이언 마칸에게 3번의 중임을 맡기기도 어려웠다.

젊고 건강한 팀으로 리빌딩이 이루어진 상황에서 84년생 브라이언 마칸과 86년생 채이스 해틀리에게 다시 기회를 준다는 건 말이 되지 않았다.

"카를로스 코어 같은 선수가 온다면 딱인데 말이야."

하리모토 쇼타가 희망 사항을 밝혔다. 레인저스와 막판까지 지구 우승을 다투었던 애스트로스의 중심 타자 카를로스 코어라면 양키즈의 3번 타자감으로 손색이 없어 보였다.

그러나 애스트로스와 장기 계약을 맺은 카를로스 코어가 양키즈에 올 리가 없었다. 아울러 양키즈 역시 카를로스 코어급 선수를 잡을 여유가 없었다.

이미 한정훈과 하리모토 쇼타의 몸값으로 수천만 달러를 지출하고 있었다. 여기서 하리모토 쇼타에 버금가는 몸값을 자랑하는 카를로스 코어까지 합류한다면 세 선수만으로 연봉 1억 달러를 가볍게 넘기게 될 것이다.

물론 전력적인 면만 놓고 봤을 때 한정훈도 카를로스 코어급 선수가 와주길 바랐다. 하지만 그렇게 된다면 타자들의 중심이 되어주고 있는 그린 버드의 입지가 흔들리게 될지 몰랐다.

양키즈는 시즌 중반부터 한정훈과 그린 버드를 각각 투수와 타자들의 리더로 지지해 주고 있었다.

투수와 야수를 가리지 않고 모든 선수가 좋아하고 따르는 한정훈과 양키즈의 프랜차이즈 스타로 성장해 온 그린 버드. 이 둘의 조합을 통해 양키즈를 보다 강한 팀으로 만들겠다는 계산이었다.

실제 시즌 후반부터 그린 버드는 적극적으로 나서서 타자들을 독려해 왔다. 그러면서도 한정훈 앞에서는 늘 겸손한 모습을 보였다. 본래 별명이 신사이기도 했지만, 야구 선수로서 한정훈을 인정하고 있다는 사실을 결코 숨기려 하지 않았다.

한정훈도 그런 버드 덕분에 타자들을 대하기가 한결 쉬워졌다. 그래서 타자들의 리더가 다른 선수로 바뀌는 걸 원치 않았다. 욕심 같지만 양키즈에 머무는 동안은 그린 버드 같이 인품 좋은 선수가 다른 선수들을 이끌어주길 바랐다.

"카를로스 코어는 어렵겠지. 하지만 구단에서 애를 쓰고 있으니까 곧 좋은 소식이 들려올 거야."

그날 저녁. 한정훈의 예상대로 양키즈에 새로운 선수가 합류했다. 쿠바 출신 3루수 요하니스 페데즈. 공교롭게도 이 선수 역시 한정훈과 인연이 깊었다.

요하니스 페데즈는 라몬 에르난데스와 함께 쿠바 대표팀 4번 타자로 세계 청소년 야구 선수권 대회에 참여했었다. 그리고 그 경기에서의 활약을 바탕으로 2년 뒤 내셔널스와 5년 계약을 맺었다.

내셔널스는 준수한 타격 실력을 갖추고 있는 요하니스 페데즈를 외야수로 기용하길 바랐다. 어깨는 좋지만 잔실수가 많은 요하니스 페데즈에게 핫 코너라 불리는 3루를 맡기기에는 어렵다고 판단한 것이다.

그러나 결과적으로 요하니스 페데즈의 외야수 전향은 실패로 돌아갔다. 오히려 수비에서 오는 부담감으로 인해 좋았던 타격 밸런스마저 무너졌다.

결국 내셔널스는 구단 옵트 아웃을 행사해 시즌 직후 요하니스 페데즈와의 계약을 종료했다.

이후 몇몇 구단들이 요하니스 페데즈에게 관심을 보여왔고 라몬 에르난데스의 설득으로 인해 최종적으로 양키즈의 유니폼을 입게 된 것이다.

계약 기간은 2년. 연봉은 상호 합의에 따라 발표하지 않기로 했다. 하지만 뉴욕 언론은 구단 옵트 아웃을 포함해 연간 500만 달러 규모일 것이라고 짐작했다.

"2년 계약에 옵트 아웃? 그럼 올 시즌에 활약하지 못하면 바로 잘린다는 소리야?"

"아무래도 그렇겠지. 대신 연봉이 적지 않으니까. 요하니스 페데즈도 안정적인 계약보다는 확실한 연봉 보전을 원한 모양이고."

"그만큼 자신 있다는 이야기겠지?"

"그래야지. 구단에서 3루수 자리를 내주려고 하는 모양이니까."

올 시즌 양키즈의 3루 자리는 유난히도 변동이 잦았다. 본래 주인은 유격수로 자리를 옮긴 로비 래프스나이더였다. 이후 제이크 햄튼이 잠시 3루수에 기용됐지만 형편없는 수비 능력으로 인해 시즌 중반 이후로는 마르쿠스 키엘이 중용되고 있었다.

마르쿠스 키엘의 수비 능력은 전문가들조차 이견이 없을 만큼 안정적이었다. 화려하진 않지만, 포구와 송구는 물론 수비 범위와 상황 판단 능력까지 무엇 하니 나무랄 게 없었다.

하지만 공격력에서는 기대만큼의 활약을 보여주지 못했다.

올 시즌 타율은 0.224 출루율은 고작 0.250에 그쳤다.

빠른 발로 단타를 2루타로 바꿔가며 장타율을 높이긴 했지만, OPS가 7할에도 미치지 못하는 선수에게 양키즈의 주전 자리를 내주기란 어려워 보였다.

"수비가 문제인데…… 잘하겠지?"

"외야수로 전향하면서 고생하긴 했지만, 제이크 햄튼보다는 낫겠지."

"햄튼에게는 미안한 말이지만 솔직히 햄튼이 3루에 있으면 불안해서 몸 쪽 공을 던질 수가 없어."

"나는 오히려 몸 쪽 공을 던질 때 더 신중하게 던질 수 있어서 좋던데?"

"그래, 너 잘났다. 아무튼 잘난 척은."

훈련지로 떠나기 바로 전날에는 외야수 카일 스위버가 영입됐다. 몇 년 전까지만 해도 30개 이상의 홈런을 때려줄 기대주로 평가받았다.

하지만 수비력 부족으로 인해 주전 경쟁에 밀리면서 핀 스트라이프로 옷을 갈아입은 것이었다.

여전히 한 방 능력을 갖추고 있어 컵스에서 카일 스위버를 쉽게 내주려 하지 않았지만 서로 카드가 맞으면서 트레이드가 실시됐다.

그 대상은 바로 마무리 투수 아롤디르 채프먼. 마무리 투수 헥토르 론돈이 널뛰기 피칭을 이어간 덕에 포스트시즌 진출에 실패한 컵스에게 아롤디르 채프먼은 거부할 수 없는 제안이었다.

카일 스위버와 아롤디르 채프먼 이외에도 양 팀 통틀어 6명의 선수가 옷을 갈아입었다. 4 대 4 트레이드. 양키즈는 불펜 투수와 외야수를 집중적으로 보강했고 컵스는 미래를 위한 유망주들을 선택했다.

트레이드에 대한 결과는 시즌이 시작돼 봐야 알 수 있겠지만 뉴욕 언론의 반응은 좋았다.

지난 시즌 중요할 때마다 블론 세이브를 기록해 양키즈의 발목을 잡았던 아롤디르 채프먼을 정리한 대가로 가능성 있는 선수들을 대거 영입했으니 손해 보는 장사는 아니라고 판단한 것이다.

시카고 언론도 아롤디르 채프먼이 컵스의 헐거워진 뒷문을 다시 단단하게 잠가줄 것이라 기대했다.

116장
윈터 미팅(2)

한정훈과 하리모토 쇼타가 합동 훈련을 떠난 지 일주일이 되던 날, 브라이언 캐시 단장에게 한 통의 전화가 걸려 왔다.

발신지는 LA.

자이언츠에 밀려 포스트시즌 진출에 실패한 앤디 프리드먼 사장의 다급한 목소리가 수화기를 타고 흘렀다.

"그러니까…… 지금 하리모토 쇼타를 내달라 이거야?"

-그래, 한정훈을 준다면 더 고맙겠지만 그건 불가능한 일이잖아.

"점점 알아들을 수 없는 농담을 하는군."

-농담 아냐. 올 시즌을 끝으로 류현신이 한국으로 돌아간다고. 우린 류현신을 대체할 만한 투수가 필요해.

"자꾸 류현신을 들먹이는데 조금 더 솔직해지는 게 어때? 클레이튼 커셔의 충성도가 흔들리고 있다고 말이야."

─그래, 젠장할! 그 말이 맞아. 클레이튼 커셔가 날 찾아와 진지하게 말했다. 2년 안에 우승하지 못하면 재계약은 없다고 말이야.

"그런데 왜 하리모토 쇼타야?"

─그야 양키즈에서 한정훈을 데려올 수 없으니까.

브라이언 캐시 단장은 순간 미간을 찌푸렸다. 엄청난 트레이드를 요구하면서 앤디 프리드먼 사장이 자꾸 말장난을 하는 것처럼 느껴진 것이다.

하지만 애써 흥분을 가라앉히고 곰곰이 생각해 보니 앤디 프리드먼 사장의 꿍꿍이가 보였다.

"그러니까 월드 시리즈 우승을 다툴 양키즈의 전력도 약화시킬 겸 하리모토 쇼타를 빼가겠다 이 소리로군?"

─허…… 한동안 말이 없어서 화장실 갔나 싶었더니 그걸 생각하고 있었어?

"어쨌든 우릴 높게 평가해 주는 건 고마운 일인데 정중히 사양하지. 그게 아니면 클레이튼 커셔와 맞트레이드를 하든지."

─하하. 못 본 사이에 농담이 많이 늘었군, 브라이언. 클레이튼 커셔를 원한다면 적어도 한정훈을 내줘야지.

"농담이 는 건 앤디 자네 같은데? 윈터 미팅 때 못 봤어? 다들 한정훈을 가진 내가 부러워 안달이 난 거. 이젠 누가 뭐 래도 한정훈의 시대야. 클레이튼 커셔의 시대는 끝났다고."

ㅡ이거 녹음했다가 그대로 클레이튼 커셔에게 들려주고 싶을 만큼 얄미운데? 뭐 어쨌든 진지하게 생각해 봐. 트레이 드 카드는 최대한 맞춰줄 테니까.

뜬금없는 전화는 LA에서만 걸려오지 않았다. 텍사스를 시 작으로 우승을 노리는 팀들은 주기적으로 전화를 걸어 브라 이언 캐시 단장을 짜증스럽게 만들었다.

"이해해요. 우리 투수들이 좋으니까 부러워서 저러는 겁 니다."

"솔직히 한정훈과 하리모토 쇼타라면 누구나 부러워할 만 하죠. 불가능하더라도 한번 찔러보고 싶을 테고요."

"둘이 합쳐서 45승을 합작했잖아요? 메이저리그 전 구단 을 통틀어 이보다 더 압도적인 원투펀치는 없다고요."

아메리칸리그 사이영상을 수상한 한정훈이 거둔 승리는 27번. 거기에 하리모토 쇼타의 18승을 더하면 양키즈 전체 승수(95승)의 47%에 달한다.

둘의 노디시전 경기 중 결과적으로 승리한 경기까지 더하 면 무려 54%. 말 그대로 둘이서 팀 승리의 절반 이상을 책임 졌다고 해도 과언이 아닌 셈이었다.

상황이 이렇다 보니 빅마켓 구단들은 양키즈의 원투펀치에 노골적으로 관심을 보였다. 특히나 상대적으로 저렴한 몸값에 욕심 많은 에이전트를 둔 하리모토 쇼타에 대한 러브콜이 끊이질 않았다.

하지만 양키즈 구단은 한정훈은 물론이고 하리모토 쇼타를 팔 생각이 눈곱만큼도 없었다. 앞으로 양키즈의 10년을 책임져 줄 최강의 원투펀치였다. 이 조합을 해체한다는 건 양키즈의 미래를 포기한다는 소리나 다름없었다.

한정훈은 트레이드 절대 불가.

하리모토 쇼타는 각 팀 에이스+해당 선수의 연봉 전액 보전 조건으로 추진 가능.

브라이언 캐시 단장이 발끈하며 맞불을 놓자 하리모토 쇼타를 달라는 구애는 거의 사라졌다. 에이스와의 맞트레이드는 둘째 치고 그 연봉까지 책임져야 한다는데 응할 수 있는 구단은 한 곳도 없었다.

그러나 양키즈의 값싸고 질 좋은 선수들에 대한 외부의 흔들기는 스프링캠프 기간에도 계속됐다. 다행히 타 구단의 접촉에 혹해 양키즈를 떠나고 싶어 하는 선수들은 거의 없었지만 덕분에 브라이언 캐시 단장은 불면증에 시달릴 정도였다.

이런 상황에서도 브라이언 캐시 단장은 한 명, 한 명 양키즈에 도움이 될 만한 선수들을 추가로 영입했다. 아울러 브라이언 마칸과 채이스 해틀리를 타 구단으로 트레이드했다.

은퇴와 트레이드 사이에서 고심하던 브라이언 마칸과 채이스 해틀리는 다른 팀에서나마 한 시즌 더 뛰는 쪽으로 마음을 정한 것이다.

그 과정에서 브라이언 마칸과 채이스 해틀리를 지지하는 팬들의 비난이 이어졌지만, 브라이언 캐시 단장은 흔들리지 않았다. 젊고 강한 양키즈를 만들기 위해서는 어쩔 수 없는 희생이라 여겼다.

117장
윈터 미팅(3)

2023시즌 시범 경기가 시작됐지만, 언론들의 장밋빛 예상과는 달리 양키즈는 초반부터 삐거덕거렸다. 생각지도 않았던 투수 운용에서 한계를 드러냈기 때문이다.

　ESPM을 비롯한 주요 언론들은 한정훈-하리모토 쇼타로로 이어지는 리그 최강의 원투 펀치를 보유한 양키즈의 투수 랭킹을 높이 평가했다.

　1위. 혹은 2위. 가장 짠 점수를 준 매체조차 양키즈의 마운드를 메이저리그 전체 4위(아메리칸리그 2위)로 추켜세울 정도였다.

　뉴욕 언론도 이번 시범 경기 양키즈의 목표는 풀타임을 소화해 줄 5선발을 찾는 것뿐이라고 말했다. 겨울 이적 시장을 통해 불펜진을 개편, 강화했고 타선에도 힘을 실은 만큼 지난 시즌 구멍이었던 5선발만 해결된다면 양키즈의 지구 우승은 충분하다는 이야기였다.

라이벌인 보스턴 언론에서조차 한정훈-하리모토 쇼타-다나카 마스히로-테너 제이슨으로 이어지는 안정적인 선발진을 레드삭스의 월드시리즈 2연패의 최내 불안 요소로 꼽았다.

하지만 조지 지라디 감독은 지금의 선발진에 만족하지 않았다. 한정훈과 하리모토 쇼타를 제외한 나머지 선발 투수들에 대한 확신이 부족했기 때문이다.

한정훈이 오기 전까지 양키즈의 에이스 노릇을 해왔던 다나카 마스히로는 시즌 내내 잔 부상으로 고생했다.

게다가 투구 밸런스가 상당히 무너져 있었다. 30대 중반으로 접어들면서 체력적인 부담이 커진 탓에 긴 이닝을 소화해내지도 못했다.

5선발 경쟁에서 살아남고 4선발 노릇을 해왔던 테너 제이슨도 아직은 안정감이 떨어지는 편이었다.

젊고 빠른 공을 던진다는 점은 여전히 매력적이지만 포스트시즌 진출이 아니라 월드 시리즈 우승을 노리는 양키즈의 선발진을 차지하기 위해서는 작년 이상의 무언가를 보여줄 필요가 있었다.

그래서 조지 지라디 감독은 시범 경기를 통해 선발 투수들을 최대한 경쟁시키겠다는 뜻을 내비쳤다. 한정훈과 하리모토 쇼타를 제외하고 그 누구의 선발 자리도 확정되지 않았음을 분명히 했다.

물론 내부적으로는 다나카 마스히로와 테너 제이슨이 경쟁에서 이겨 3선발과 4선발을 차지해 주길 바랐다.

하지만 애석하게도 시범 경기 초반 선발 투수들은 집단 부진에 빠졌다. 특히나 다나카 마스히로의 좀처럼 살아나지 않는 구위는 모두를 불안하게 만들었다.

첫 경기 3이닝 7피안타 4실점.
두 번째 경기 4이닝 9피안타 5실점.
세 번째 경기 5이닝 10피안타 5실점.
네 번째 경기 5이닝 9피안타 4실점.

시범 경기 초반 다나카 마스히로는 4경기에서 3패만을 기록했다. 평균 자책점은 무려 9.52 재작년까지 양키즈의 에이스였던 투수가 맞나 싶을 정도로 처참한 성적이었다.

테너 제이슨도 들쑥날쑥한 피칭을 이어갔다.

첫 경기 4이닝 3피안타 1실점.

두 번째 경기 4이닝 7피안타 4실점.

세 번째 경기 5이닝 5피안타 2실점.

네 번째 경기 4이닝 8피안타 3실점.

4경기 1승 2패. 평균 자책점 5.29.

이 성적이 시범 경기 막판까지 이어진다면 이렇게 차지한 선발 자리를 다른 선수들에게 빼앗길 가능성이 컸다.

한정훈과 하리모토 쇼타의 등판이 시범 경기 후반에 잡힌 상황에서 1, 2선발 노릇을 해줘야 하는 다나카 마스히로와 테너 제이슨이 부진하면서 양키즈의 시범 경기 성적은 밑바닥까지 추락했다.

게다가 루이스 세자르를 대체할 만한 5선발감도 보이지 않았다. 실전에는 약하지만, 시범 경기 때마다 좋은 경기력을 보여주었던 에이그린 링컨은 물론이고 새롭게 트레이드한 젊은 투수들까지 누구 하나 조지 지라디 감독을 만족시키지 못했다.

참다못한 뉴욕 언론들도 우려를 표했다. 시범 경기라 하더라도 조금 더 집중력 있는 모습이 필요하다며 선수들의 분전을 촉구했다.

그나마 시범 경기 중반에 들어서면서 타자들이 살아나면서 5할 승률이 유지가 됐지만, 여전히 팬들이 원하는 양키즈의 모습과는 거리가 있었다.

　선발 투수들은 호투와는 담을 쌓았고 어린 불펜 투수들도 널뛰기 피칭을 선보이며 래리 로스 투수 코치의 속을 쓰리게 만들었다.

　[시범 경기 부진 양키즈. 포스트시즌 진출이 독으로 작용하는가.]

　[양키즈. 이대로 가다간 다시 지구 최하위로 추락할 것.]

　시즌 개막을 2주 앞둔 상황까지도 양키즈의 경기력이 올라오지 않자 적잖은 언론들이 우려에 동참했다. 일부 언론사에서는 시범 경기 전에 내놓았던 평가를 뒤집으며 양키즈의 지구 우승 가능성을 낮추기까지 했다.

　하지만 한정훈과 하리모토 쇼타가 정상 로테이션에 들어가면서부터 상황이 180도 바뀌었다.

　-와우! 와우! 한정훈의 손끝을 빠져나간 공이 마지막 순간에 뚝 떨어지며 타자의 방망이를 농락합니다!

　-저건 기존의 스플리터가 아닌데요. 확실히 포크볼을 던진 것 같습니다.

　-앞선 이닝에서 보여주었던 파워 커브도 인상적이었는데 포크볼까지 구사하다니 정말 대단한 투수입니다.

－기존에 너클 커브와 스플리터를 던져 왔으니 완전히 새로운 구종을 장착했다고 보긴 어렵습니다. 하지만 타자들을 압도할 만한 무기가 늘어난 건 부정할 수 없는 사실입니다. 올 시즌 한정훈을 상대하는 타자들은 아마 새로운 구종을 신경 써야 할 겁니다. 아무 생각 없이 방망이를 휘돌리면 지금처럼 꼴사나운 스윙을 하게 될지 모릅니다.

시범 경기 첫 등판 경기에서 한정훈은 7이닝을 1피안타 무사사구 무실점으로 막아내며 첫 승을 신고했다.

투구 수는 단 67개. 탈삼진은 14개.

바야흐로 에이스의 귀환이었다.

이에 질세라 하리모토 쇼타도 6이닝 4피안타 1실점으로 호투하며 팀을 연승으로 이끌었다. 한정훈처럼 구종을 늘리지는 않았지만, 기존의 구종들을 더욱 날카롭게 다듬으며 2년 차 징크스에 대한 우려를 단숨에 날려 버렸다.

한정훈과 하리모토 쇼타의 호투로 연승이 이어지자 다나카 마스히로도 힘을 냈다. 특유의 노련한 피칭을 앞세워 6이닝 2실점으로 오랜만에 조지 지라디 감독을 웃음 짓게 했다.

그러자 이번에는 테너 제이슨이 호투 쇼에 합류했다. 6.2

이닝 1실점. 올 시즌을 앞두고 아버지 랜디 제이슨으로부터 사사 받은 슬라이더가 빛을 발하면서 상대 타선을 압도해 버렸다.

비록 5선발로 나선 에이그린 링컨이 3이닝 만에 무너지면서 선발 투수 연승 행진은 끊겼지만, 팀의 연승 행진은 계속 진행됐다.

투수들의 호투 속에서 안정감을 느낀 타자들이 모처럼 화력을 집중시키며 에이그린 링컨을 패전 위기에서 구해준 것이다.

그렇게 이어진 연승 행진은 시범 경기 마지막 경기까지 이어졌다.

9연승.

후반 막판 도약으로 시범 경기 성적도 5할 승률을 넘어서게 됐다.

양키즈가 시범 경기 막판 9연승을 거두면서 양키즈에 대한 부정적인 시선도 깨끗이 사라졌다.

양키즈 홈페이지에서 진행된 올 시즌 양키즈의 성적을 묻는 질문에 응답자의 78%가 지구 우승을 꼽았다. 나머지 21%가 최소 와일드카드 확보라고 답했으며, 양키즈의 포스트시즌 탈락을 예상하는 응답자는 1%도 되지 않았다.

양키즈가 포스트시즌에 진출할 경우 예상 성적을 묻는 말에서도 응답자의 82%가 월드 시리즈 진출이라고 답했다.

(월드 시리즈 우승—52%, 챔피언십 시리즈 우승—30%)

아직 전력이 완성된 것은 아니지만 시범 경기 막판에 보여준 경기력이라면 충분히 우승을 노려볼 만하다고 판단한 것이다.

전문가들은 양키즈가 4월을 잘 이겨내는 게 관건이라고 지적했다.

양키즈의 4월 일정은 애스트로스 3연전(원정)—블루제이스 3연전(원정)—오리올스 3연전(홈)—레드삭스 4연전(홈)—컵스 2연전(홈)—레이스 4연전(원정)—레드삭스 3연전(원정)—에인젤스 3연정(홈) 순서였다.

이 중 지구 1위를 두고 다투는 레드삭스와의 경기가 7경기나 잡혀 있었다.

레드삭스의 전력이 만만치 않은 상황에서 레드삭스를 상대로 압도적인 승리를 거두기란 쉽지 않았다. 현실적인 기대치는 4승 3패. 혹은 3승 4패. 어느 쪽이 되더라도 순위 경쟁에서 타격을 입지 않도록 나머지 경기에서 최대한 승수를 쌓는 게 중요했다.

"레드삭스는 오리올스 원정 3연전을 끝마친 뒤 홈에서 브루어스를 상대합니다. 전력상 레드삭스가 확실한 우위에 있는 만큼 4승 2패 이상의 성적을 낼 것으로 보입니다."

"양키즈가 레드삭스와의 초반 순위 경쟁에서 밀리지 않으려면 이번 원정 6연전에서 최소 4승 2패를 거둘 필요가 있습니다."

"가능성은 충분하죠. 한정훈 선수가 6연전의 첫 경기와 마지막 경기에 출전할 테니 말입니다."

"한정훈 선수가 2승을 책임져 준다면 확실히 승수 쌓기가 수월하겠죠."

"4경기에서 2승을 거두는 것이니 산술적으로는 충분히 가능해 보입니다. 다만 아직 다나카 마스히로의 컨디션이 올라오지 않았다는 게 걱정입니다. 5선발로 합류한 신인 투수 그렉 나이트도 얼마만큼 좋은 결과를 보여줄지 미지수고요."

"그래도 한정훈이 첫 경기에 등판하는 만큼 시범 경기 때부터 이어져 온 양키즈의 연승 행진이 계속될 가능성이 큽니다. 하리모토 쇼타의 컨디션도 좋아 보이니까요."

전문가들의 긍정적인 예상 속에 양키즈 선수단은 전세기를 타고 휴스턴으로 날아갔다. 그렇게 2023시즌의 막이 열렸다.

118장
에이스의 품격(1)

"홈 개막전에서 패배하고 싶은 감독은 없겠죠. 오늘 무슨
수를 써서라도 양키즈를 잡고 첫 승을 신고하겠습니다."

애스트로스 BJ 힌치 감독의 발언이 마이크를 타고 울릴 때
까지만 하더라도 그 말에 특별한 의미를 두는 기자들은 거의
없었다. 그저 양키즈 선발이 한정훈이라 하더라도 쉽게 물러
서지 않겠다는 의지 정도로만 받아들였다.

"그런데 좀 웃기지 않아?"

"웃기지. 한정훈을 상대로 최선을 다하겠다면 맬런 카이
클이나 최소한 콜린 맥스는 붙여야 했잖아?"

"바로 그 말이야, 아니, 한정훈을 상대로 5선발을 붙여놓
고 무슨 수를 써서라도 양키즈를 잡겠다니. 저 정도면 팬들

을 모욕하는 거라고."

"그래도 혹시 모르잖아? BJ 힌치 감독의 특별한 용병술이 통할지 말이야."

"그 잘난 용병술이 고작 5선발로 피해를 최소화하는 거라면, 글쎄. 딱히 기대되진 않는데?"

대부분의 기지는 양기즈가 첫 경기를 무난하게 가져갈 것이라고 전망했다.

사이영상 수상자인 한정훈과 작년 후반기부터 선발 로테이션을 소화하기 시작한 신예 조니 데이브의 맞대결이었다. 메이저리그 데뷔 연도는 같지만, 팀 내 위상은 물론이고 커리어에 있어서 압도적인 차이가 나는 상황이었다.

–애스트로스의 선발은 조니 데이브입니다.

–지난 시즌 3승 2패, 평균 자책점 3.55를 기록했는데요.

–그 정도면 데뷔 시즌 성적으로는 준수한 느낌인데요.

–애스트로스 구단에서 기대하고 있는 선수 중 한 명입니다. 체격 조건이 좋은 만큼 메이저리그에 적응만 한다면 올 시즌 좋은 성적을 내리라 기대가 됩니다.

–하지만 오늘은 대진 운이 좋지 않아 보이는데요.

–하하. 아무래도 그렇죠. 제가 양키즈 해설자라서가 아니라 5선발로 첫 풀타임을 소화하는 조니 데이브에게 아메리칸

리그 사이영상에 빛나는 한정훈은 최악의 상대나 다름없습니다.

－BJ 힌치 감독이 오늘 경기를 포기하고 2차전과 3차전에 집중하려 한다는 말이 나돌 정도인데요.

－전략적으로는 나쁘지 않은 판단이라고 생각합니다. 에이스인 댈런 카이클을 내세워도 한정훈을 상대로 승리를 챙기기란 쉽지 않을 테니까요.

양키즈 중계진도 BJ 힌치 감독이 실리를 챙기기 위해 5선발 조니 데이브를 등판시킨 것이라고 설명했다.

캐스터 마크 앨런은 물론이고 해설자인 포르에 호사다까지 BJ 힌치 감독이 다른 꿍꿍이를 가지고 있을 것이라고는 전혀 예상하지 못했다.

조지 지라디 감독은 눈에 빤히 보이는 BJ 힌치 감독의 꼼수에 코웃음을 쳤다.

그래서 대놓고 타자들에게 적극적인 스윙을 하라고 지시했다. 최대한 빨리 조니 데이브를 무너뜨려 BJ 힌치 감독의 콧대를 납작하게 만들어주고 싶었다.

하지만 조니 데이브는 생각처럼 만만한 투수가 아니었다.

퍼엉!

조니 데이브가 힘껏 던진 초구가 거의 한복판으로 들어

왔다.

"후우……."

길게 숨을 내쉬며 1번 타자 브라이언 리가 전광판을 바라봤다.

101mile/h(≒162.5㎞/h)

전광판에 찍힌 구속도 대단했지만, 체감 구속은 그 이상이었다.

브라이언 리는 2구째 날아온 한복판의 포심 패스트볼에도 타이밍을 맞추지 못했다.

백네트 뒤쪽으로 튕겨 나가는 파울. 전광판 구속은 99mile/h(≒159.3㎞/h)로 줄어들었는데도 타격 순간에 제대로 힘을 싣지 못하는 모습이었다.

"저 녀석, 투구 폼이 바뀌었잖아."

조니 데이브의 투구를 지켜보던 조지 지라디 감독이 미간을 찌푸렸다. 지난 시즌까지만 해도 평범했던 투구 폼에 디셉션 동작이 가미되면서 브라이언 리의 타이밍을 완벽하게 빼앗고 있었다.

"타자들에게 일러두겠습니다."

로비 토마스 벤치 코치와 앨런 코크 타격 코치가 발 빠르게 움직여 타자들에게 타격 타이밍을 일러주었다. 하지만 타석에 들어선 브라이언 리에게는 그 누구도 조언해 줄 수가 없었다.

'젠장할!'

순식간에 궁지에 몰린 브라이언 리가 입술을 질근 깨물었다. 시즌 개막전부터 신인급 투수에게 삼진을 당할 위기에 몰렸으니 단단히 약이 올랐다.

'던져 봐! 전부 걷어낼 테니까.'

조니 데이브가 투구 동작에 들어가자 브라이언 리가 곧바로 테이크 백 자세를 취했다.

타이밍이 조금씩 밀리는 상황이라 한발 앞서서 홈 플레이트까지 방망이를 끌고 올 생각이었다.

하지만 조니 데이브의 구종은 포심 패스트볼 하나만 있는 게 아니었다.

후앗!

날카롭게 날아들던 공이 마지막 순간 뚝 하고 떨어졌다.

스플리터.

'젠장!'

포심 패스트볼 하나만 보고 달려들었던 브라이언 리의 방망이가 그대로 허공을 가르고 말았다.

'스플리터를 승부구로 쓰는 모양인데…… 그 전에 포심 패

스트볼을 노리자.'

대기 타석에서 준비하던 2번 타자 비비 그레고리우스는 고개를 주억거리며 타석에 들어섰다.

노림수는 포심 패스트볼. 긴장해서인지 몰라도 브라이언 리에게 던졌던 두 개의 포심 패스트볼이 한복판으로 몰린 만큼 자신에게도 비슷한 공이 들어올 것이라 여겼다.

하지만 정작 초구에 들어온 공은 브라이언 리를 삼진으로 돌려세웠던 스플리터였다. 2구도 마찬가지. 한가운데로 들어와서 뚝 하고 떨어지는데 비비 그레고리우스도 타이밍을 맞추지 못했다.

투 스트라이크.

머릿속이 복잡해진 비비 그레고리우스의 눈에 한복판으로 날아드는 공이 들어왔다.

'포심 패스트볼!'

비비 그레고리우스는 망설이지 않고 방망이를 휘돌렸다. 2구째 헛스윙을 하면서까지 포심 패스트볼 타이밍에 맞춰왔던 터라 이번 공을 놓치지 않을 자신이 있었다.

따악!

홈 플레이트 코앞에서 방망이와 공이 만났다. 하지만 타구는 생각만큼 멀리 뻗지 못했다.

"비켜! 내가 잡을 거야!"

유격수 카를로스 코어가 마운드 근처까지 다가와 소리쳤다. 엉겁결에 타구를 쫓았던 조니 데이브가 움찔 놀라며 자리를 비켜줬다. 그사이 공은 카를로스 코어의 글러브 속에 정확하게 빨려 들어갔다.

"젠장할!"

비비 그레고리우스가 이를 악물며 물러났다. 올 시즌 양키즈의 새로운 3번 타자로 합류하게 된 요하니스 페데즈도 마찬가지.

초구에 들어오는 스플리터를 제대로 걷어 올렸지만 3루수 놀란 몬타나가 펄쩍 뛰어올라 타구를 낚아채 버렸다.

삼자범퇴.

"뭐야, 저 녀석. 잘하잖아?"

"내가 뭐랬어? 분명 뭔가 있을 거라고 했지?"

애스트로스 파크를 찾은 관중들의 표정이 달라지기 시작했다.

조니 데이브의 호투는 2회에도 계속됐다.

선두 타자로 들어선 4번 타자 그린 버드를 풀카운트 접전 끝에 삼진으로 돌려세우더니 5번 타자 제이크 햄튼에게는 스플리터만 3개를 던져 3루수 앞 땅볼을 이끌어냈다.

6번 타자 더스티 애클리에게 첫 안타를 허용하긴 했지만 7번 타자 카일 스위버를 1루수 파울 플라이로 잡아내며 무실점으로 이닝을 마쳤다.

3회에는 신인답지 않은 위기관리 능력까지 보여줬다.

8번 타자 아담 앤더슨과 9번 타자 로비 레프스나이더를 삼진과 땅볼로 돌려세운 이후 1번 타자 브라이언 리와 2번 타자 비비 그레고리우스에게 연속 안타를 허용하며 위기에 몰렸지만 3번 타자 요하니스 페데즈를 투수 앞 땅볼로 유도하며 세 번째 아웃 카운트를 잡아냈다.

"좋아! 좋아!"

"데이브! 그렇게만 던지면 되는 거야!"

애스트로스 파크의 열기가 점점 뜨거워졌다. 한정훈도 2이닝을 퍼펙트 피칭으로 막아내며 애스트로스 타선을 꽁꽁 틀어막았지만, 경기장 분위기는 꼭 애스트로스가 한두 점 리드하는 것처럼 들떠 있었다.

"여기서 흐름을 끊어야 해."

다시 마운드에 오른 한정훈은 전력을 다해 공을 던졌다.

퍼엉!

묵직한 포구음이 관중들의 웅성거림을 단숨에 잠재웠다. 뒤이어 전광판에 찍힌 숫자가 모두를 경악에 빠뜨렸다.

―와우! 와우! 와우! 한정훈! 105마일입니다! 본인의 최고 구속을 1마일 끌어올렸습니다!

-그것도 몸 쪽에 꽉 들어찬 완벽한 스트라이크였습니다!

　-세상에 저렇게 빠른 공을 완벽하게 컨트롤하며 던질 수 있는 투수가 또 있을까요?

　-제가 알기로는 없습니다. 오직 한정훈뿐입니다.

　-프레스톤 마커, 한정훈의 몸 쪽 공을 기다렸나 본데 완전히 얼어붙은 표정입니다.

　-하하, 저걸 친다고요? 저건 절대 못 칩니다. 아마 브레이브스 하퍼라 해도 혀를 내두를 겁니다.

　타자들의 빈공에 실망하고 있던 양키즈 중계석이 들썩거렸다. 반대로 조니 데이브의 호투에 신이 나 있던 애스트로스 중계석은 찬물을 끼얹은 것처럼 조용해졌다.

　-한정훈이 105마일을 던졌는데요.

　-왠지 스피드 건에 문제가 생긴 것 같은 느낌입니다.

　애스트로스 중계진들은 한정훈의 105mile/h(≒168.9㎞/h)짜리 강속구를 일회성 이벤트로 치부하려 했다.

　2회까지만 해도 최고 구속이 103mile/h(≒165.7㎞/h)에 그친 터라 운 좋게 높은 구속이 찍힌 거라고 단정 지었다.

　하지만 한정훈이 연달아 105mile/h 짜리 포심 패스트볼을 던지며 프레스톤 마커를 3구 삼진으로 돌려세우자 애스트로스 중계진은 또다시 말문이 막혀 버렸다.

　-허허, 정말 대단한 투수입니다.
　-아메리칸리그 사이영상 수상자다운 공이었습니다.

　한정훈은 조니 데이브와 자신을 쉬지 않고 비교했던 애스트로스 중계진을 엿 먹이기라도 하려는 것처럼 포심 패스트볼만으로 8번 알퍼드 곤잘레스와 9번 놀란 몬타나를 3구 삼진으로 잡아냈다.

　105mile/h 짜리 포심 패스트볼이 5개.
　104mile/h 짜리 포심 패스트볼이 4개.

　이 중 타자의 방망이에 스친 공은 단 하나도 없었다.
　"후우……."
　"젠장할."
　애스트로스 파크의 분위기가 급격히 가라앉았다. 몇몇 관중은 아예 고개를 흔들어댔다. 애스트로스가 무슨 수를 쓰더라도 한정훈을 상대로 이기기란 불가능하다는 걸 여실히 깨달은 것이다.

"나이스 피칭!"

"크아아! 정훈! 네가 최고야!"

양키즈 선수들은 앞다투어 한정훈에게 달려들었다. 에이스로서 중요한 순간에 흐름을 딱 끊어주니 더할 나위 없이 든든하고 고맙기만 했다.

"이제 우리 차례인가?"

"그린 버드부터 시작하니까 이번 이닝에는 점수를 뽑아낼 수 있을 겁니다."

조지 지라디 감독과 로비 토마스 코치도 입가를 비틀어 올렸다. 야구는 흐름 싸움이다. 서로 엎치락뒤치락하던 분위기를 한정훈이 단숨에 잡아낸 이상 이제는 양키즈가 반격할 일만 남았다.

하지만 BJ 힌치 감독은 이대로 경기를 내줄 생각이 전혀 없었다.

"타임!"

더그아웃을 나선 BJ 힌치 감독이 구심에게 다가갔다. 그리고 잠시 후, 불펜 문이 열리더니 조니 데이브를 대신해 마이크 펠리스가 마운드 쪽으로 다가왔다.

"뭐, 뭐야? 왜 갑자기 투수를 바꾸는 거야?"

조지 지라디 감독의 눈동자가 커졌다. 대량 실점을 한 것도 아니고 투구 수가 많은 것도 아닌데 3이닝을 무실점으로 틀어

막은 투수를 바꾼다는 게 상식적으로 이해가 가질 않았다.

　－갑자기 투수가 교체됐는데요?
　－조니 데이브, 몸에 이상이라도 생긴 걸까요?
　－그러기에는 화면에 잡힌 모습이 너무 밝아 보이는데요.
　－흠, 어떻게 된 일인지는 한 번 알아봐야 할 것 같습니다.

　양키즈 중계진도 당황스러움을 감추지 못했다. 투구 도중에 부상을 당해 일찍 강판당한 투수는 종종 봐왔지만 아무이유 없이 무실점 호투를 하는 투수를 바꾸는 경우는 메이저리그에서도 흔치 않은 일이었다.
　그사이 마이크 펠리스는 연습 투구를 마치고 마운드 위에섰다. 그리고 타석으로 그린 버드가 들어섰다.
　'왠지 한 방 먹은 기분인데.'
　그린 버드는 천천히 숨을 골랐다. 조니 데이브의 공에 힘겹게 타이밍을 맞춰났는데 갑작스럽게 투수가 바뀌었으니생각을 정리할 시간이 필요했다.
　하지만 구심은 그린 버드를 오래 기다려 주지 않았다.
　"버드! 서둘러!"
　구심의 재촉에 그린 버드는 어쩔 수 없이 방망이를 들어올렸다. 그러자 마이크 펠리스가 기다렸다는 듯이 몸 쪽 공을 내던졌다.

파앙!

묵직한 공이 순식간에 홈 플레이트를 스쳐 지났다.

전광판에 찍힌 구속은 99mile/h(≒159.3㎞/h)

조니 데이브의 포심 패스트볼에 버금가는 구속이었다.

'이 정도 공이라면…….'

초구를 지켜본 그린 버드는 내심 안도했다. 좌타자로서 까다로운 투구 폼을 가진 조니 데이브보다는 평범한 스타일의 우완 투수 마이크 펠리스를 상대하는 게 더 낫다는 생각도 들었다.

하지만 그 여유로움이 조급함으로 바뀌기까지는 그리 오랜 시간이 걸리지 않았다.

후앗!

마이크 펠리스의 2구가 손끝을 빠져나가자 그린 버드는 본능적으로 체인지업이라는 사실을 간파했다. 그리고 공의 일반적인 낙폭을 계산해 지체 없이 방망이를 휘둘렀다.

그러나 공은 그린 버드의 예상보다 훨씬 많이 떨어지고 멀리 벗어났다.

'서클체인지업!'

그린 버드가 공의 실체를 알아챘을 때는 이미 방망이가 허공을 가른 뒤였다.

투 스트라이크.

좀처럼 볼카운트가 몰리지 않는다던 그린 버드에게 위기가 찾아왔다.

"후우⋯⋯."

그린 버드는 구심의 양해를 구하고 잠시 타석을 벗어났다. 그리고 마이크 펠리스가 무엇을 노릴지 곰곰이 생각했다.

마운드에 올라오기가 무섭게 상대 팀의 4번 타자를 궁지로 몰아넣었다. 그렇다면 당연히 삼진으로 아웃 카운트를 잡아내려 할 것이다.

초구는 몸 쪽으로 붙는 빠른 패스트볼을 던졌다. 2구째는 바깥쪽으로 완전히 벗어나는 서클체인지업으로 스윙을 이끌어냈다.

'그렇다면 3구는⋯⋯ 다시 패스트볼.'

그린 버드가 힘껏 방망이를 움켜잡았다. 초구 패스트볼의 구위가 좋았고 2구째 변화구가 들어온 만큼 3구째 다시 패스트볼로 승부를 걸 가능성이 커 보였다.

그러나 마이크 펠리스의 3구는 그린 버드의 예상을 완전히 벗어나 버렸다.

픽!

슬로우 커브.

그것도 한복판으로 밀려 들어오는 느린 볼.

패스트볼 타이밍에 맞춰 타격 자세를 끌고 나왔던 그린 버드가 결코 때려낼 수 없는 공이 들어와 버렸다.

"스트라이크, 아웃!"

구심의 삼진 콜과 함께 그린 버드가 고개를 떨어뜨렸다. 뒤이어 타석에 들어선 제이크 햄튼이 그린 버드의 복수라도 하겠다며 씩씩거렸지만 2루수 앞 땅볼로 물러났다.

그나마 6번 타자 더스티 애클리는 침착하게 공을 지켜봤다. 원 스트라이크 원 볼. 투 스트라이크 투 볼.

투수에게 유리한 카운트에서도 유인구에 쉽게 현혹되지 않았다. 그리고 승부를 풀카운트까지 끌고 왔다.

하지만 마지막 순간 승리의 여신은 마이크 펠리스의 손을 들어주었다.

바깥쪽 아슬아슬한 포심 패스트볼.

잠시 망설이는 듯하던 구심이 팔을 올리면서 한껏 기세를 올렸던 양키즈의 4회 초 공격은 허무하게 끝이 나고 말았다.

한정훈도 잠시 숨 고르기에 들어갔다. 1번 타자부터 시작되는 타선을 상대로 탈삼진 욕심을 내지 않았다. 유인구를 적당히 섞어가며 만에 하나 있을지 모를 장기전에 대비해 체력을 비축했다.

"젠장할!"

1번 타자 호세 엘투베는 백도어성 투심 패스트볼을 건드려 1루수 앞 땅볼로 물러났다.

평소에는 감이 건드리지도 못하도록 바깥쪽 스트라이크존을 아슬아슬하게 걸치는 공이었지만 이번에는 살짝 홈 플레이트 쪽을 파고드는 느낌이었다.

그렇다 보니 한정훈을 괴롭히겠다고 작심했던 호세 엘투베도 방망이를 내밀 수밖에 없었다.

한정훈에게 약한 2번 타자 제이크 메리스는 초구를 건드려 포수 파울 플라이로 물러났다.

볼카운트가 몰릴 때마다 삼진을 당한 기억 때문인지 첫 타석에서도 제이크 메리스는 승부를 서두르는 기색이 역력했다.

그걸 한정훈이 역으로 이용해 하이 패스트볼을 던져 제이크 메리스의 방망이를 이끌어냈다.

3번 타자 카를로스 코어와의 대결은 좋지 않았다. 초구와 2구, 포심 패스트볼로 스트라이크를 잡은 뒤 헛스윙을 유도하기 위해 던진 체인지업이 제대로 제구가 되지 않았던 것이다.

따악!

카를로스 코어는 그 공을 놓치지 않고 받아쳐 좌익수 앞

안타를 때려냈다. 그것으로도 모자라 JJ 리드 타석 때 초구에 도루까지 성공시키며 한정훈–아담 앤더슨 배터리의 심기를 불편하게 만들려 노력했다.

그러나 한정훈은 카를로스 코어의 도발에 신경 쓰지 않았다. 침착하게 JJ 리드와 승부해 삼진 하나를 빼앗아냈다.

–한정훈, 카를로스 코어에게 안타를 하나 내주긴 했지만 4회 말을 깔끔하게 틀어막고 마운드에서 내려갑니다.

–3회 말 투구는 말 그대로 압도적이었는데요. 이번 이닝에서는 노련한 투구가 돋보였습니다.

–105mile/h의 빠른 공을 또다시 보지 못한 게 아쉽긴 하지만 이번 이닝도 훌륭했습니다.

–그렇죠. 어린 나이에 이런 식으로 완급 조절을 할 수 있다는 게 한정훈의 또 다른 장점이라고 생각됩니다.

양키즈 해설진은 차분하게 중계를 이어갔다. 한정훈의 호투야 몇 번을 칭찬해도 질리지 않았지만 갑작스럽게 바뀐 경기 분위기 때문에 목소리를 높이기가 쉽지 않았다.

차분해진 건 양키즈 더그아웃도 마찬가지였다.

"그린 버드 타석에서 투수를 교체한 게 아무래도 수상합니다."

천천히 마운드에 오르는 마이크 펠리스를 바라보며 로비 토마스 코치가 입을 열었다.

"왠지 안타를 맞을 것 같으니 일부러 투수를 바꿨단 말이 로군."

조지 지라디 감독이 고개를 주억거렸다.

자신이 양키즈에 유리한 흐름을 느꼈다면 반대로 BJ 힌치 감독은 애스트로스에게 불리한 느낌을 받았을 것이다.

감독이라면 당연히 그 흐름을 끊기 위해 결단을 내릴 수밖에 없었다.

"그만큼 BJ 힌치 감독이 독하게 마음을 먹은 것 같습니다. 어쩌면 뉴욕 언론이 너무 자극했는지도 모릅니다."

오늘 경기 이전까지 뉴욕 언론들은 애스트로스전 전승을 기정사실화 했다. 목표는 2승 1패라면서도 애스트로스의 3선발 랜스 맥컬리스가 시범 경기에서 극도로 부진했다는 점을 꼬집으며 1, 2차전만 잡아내면 시리즈 스윕도 문제없을 것이라고 열을 올렸다.

조지 지라디 감독도 뉴욕 언론과의 인터뷰에서 5승 1패를 거두고 싶다는 뜻을 밝혔다.

원정 6연전에서 전승을 거두기란 쉽지 않고 그렇다고 한정훈이 두 번 등판하는 상황에서 4승 2패에 만족할 수는 없으니 그 중간을 목표로 삼은 것이다.

하지만 애스트로스 언론은 조지 지라디 감독이 애스트로스와의 3연전을 쓸어 담을 거라 자신한 것처럼 호도했다.

상식적으로 1-2-3 선발이 출격하는 애스트로스전과 4-5-1선발이 나오는 블루제이스전 중 한 차례의 시리즈 스윕을 해야 한다면 애스트로스전을 노릴 가능성이 크다고 판단한 것이다.

당연히 BJ 힌치 감독으로서는 자존심이 상할 수밖에 없었다. 비록 지난 시즌 와일드카드 결정전에서 양키즈에게 덜미를 잡히며 디비전시리즈 진출에 실패하긴 했지만 지난 시즌 성적은 애스트로스가 양키즈보다 좋았다.

올 시즌 양키즈가 취약 포지션을 두루 보강했다 하더라도 레인저스와 함께 아메리칸리그 서부 지구 우승 후보로 꼽히는 애스트로스를 우습게 여긴다는 건 말이 되지 않았다.

"하아…… 이거 잘못하다간 이번 시리즈가 완전히 꼬여 버리겠어."

조지 지라디 감독은 비로소 BJ 힌치 감독의 머릿속이 이해가 됐다. 어느 정도 파악을 끝낸 조니 데이브를 3이닝 만에 강판시킨 게 준비된 전략이라면 오늘 경기의 승리도 쉽게 장담하기 어려울 것 같았다.

-마이크 펠리스! 양키즈의 7, 8, 9번 타자를 공 10개로 잡

아냅니다!

　-대단히 영리한 피칭입니다. 변화구에 약점을 보이는 카일 스위버에게는 커브만 연속해서 3개를 던지더니 아담 앤더슨과 로비 레프스나이더에게는 98mile/h짜리 포심 패스트볼을 앞세워 힘으로 밀어붙였습니다.

　-아무래도 조니 데이브의 잔상이 양키즈 티자들의 머릿속에 남아 있는 모양인데요.

　-6회 초 양키즈의 공격이 다시 상위 타선으로 이어지겠지만 마이크 펠리스에게 점수를 뽑아내기란 쉽지 않아 보입니다.

　애스트로스 중계진은 마이크 펠리스의 피칭에 극찬을 아끼지 않았다. 올 시즌 5선발 경쟁에서 밀려 불펜으로 보직을 옮겼음에도 불구하고 흔들림 없는 투구를 보여주고 있다며 박수를 보냈다.

　그 응원 덕분인지 마이크 펠리스는 6회 초 양키즈의 공격도 삼자범퇴로 돌려세웠다.

　1번 타자 브라이언 리는 3루수 라인 드라이브 아웃.

　2번 타자 비비 그레고리우스는 유격수 땅볼 아웃.

　3번 타자 요하니스 페데즈는 우익수 파울 플라이 아웃.

세 타자 모두 나름의 노림수를 가지고 타석에 들어섰지만, 마이크 펠리스의 공을 이겨내지 못했다.

반면 한정훈은 6회 말에 두 번째 안타를 허용했다.

선두 타자 알퍼드 곤잘레스와 9번 타자 놀란 몬타나를 삼진으로 잡아내는 것까지는 좋았지만 1번 타자 호세 엘투베에게 우익 선상 3루타를 허용한 것이다.

호세 엘투베는 방망이를 짧게 잡고 타석에 들어왔다. 작년 와일드카드 결정전 때처럼 한정훈의 공을 때려내기보다는 최대한 걷어내 투구 수를 늘려보려는 속셈처럼 보였다.

그래서 아담 앤더슨은 공격적인 리드를 가져갔다.

초구 몸 쪽 꽉 찬 포심 패스트볼.
2구 몸 쪽을 파고드는 J-스플리터.

투 스트라이크에 몰렸지만 호세 엘투베의 표정은 크게 달라지지 않았다. 마치 이럴 줄 알았다며 입을 꾹 다문 채 3구를 기다렸다.

한정훈은 삼진보다 몸 쪽에 공을 붙여 호세 엘투베를 땅볼로 유도하길 바랐다.

하지만 아담 앤더슨은 바깥쪽으로 흘러나가는 변형 체인지업을 요구했다. 카를로스 코어가 방망이를 짧게 쥔 만큼 충분히 헛스윙을 이끌어낼 수 있다는 계산을 한 것이다.

잠시 고심하던 한정훈은 고개를 끄덕거렸다. 아담 앤더슨의 판단도 나쁘지 않은 만큼 3구째 바깥쪽 유인구를 던진 뒤 4구째 다시 몸 쪽을 노려도 상관없다고 여겼다.

그런데 그 공을, 호세 엘투베가 기다렸다는 듯이 밀어쳤다. 포심 패스트볼 타이밍에 방망이를 끌고 나왔다가 최내한 스윙을 지연시킨 뒤 체인지업이 떨어지기 직전에 건드려 우익 선상 위에 뚝 하고 떨어뜨린 것이다.

중계 화면에 몇 번이고 리플레이 화면이 나올 만큼 아슬아슬한 코스였다. 게다가 발 빠른 타자 주자를 의식한 카일 스위버가 공까지 더듬으면서 호세 엘투베는 3루까지 파고들었다.

2사 주자 3루.

애스트로스 파크가 다시 들썩거렸다. 2사 이후이긴 하지만 폭투라도 나오면 선취점을 뽑아낼 기회가 찾아온 것이다.

"타임!"

BJ 힌치 감독도 가만있지 않았다. 한정훈에게 약한 모습을 보이던 제이크 메리스를 빼고 겨울 이적 시장에서 영입한 빅터 에르난데스를 투입했다.

홍. 후웅.

빅터 에르난데스가 요란하게 방망이를 휘돌렸다. 그때마다 관중석에서는 함성이 터져 나왔다.

"빅터어어!"

"한 방 날려! 한 방 날려 버리라고!"

빅터 에르난데스도 이 기회를 그냥 넘길 생각이 없었다. 아직 수비적으로 보완할 점이 많아서 선발로 나서지 못하고 있지만, 오늘처럼 중요한 경기에서 아메리칸리그 사이영상 수상자인 한정훈을 상대로 큰 걸 한 방 날린다면? BJ 힌치 감독도 자신을 주전으로 쓸 수밖에 없을 터였다.

'어디 잘난 패스트볼을 던져 보라고.'

빅터 에르난데스가 자신만만한 표정을 지었다. 마이너리그에서 패스트볼 킬러로 불릴 만큼 빠른 공에는 자신이 있었다. 한정훈의 패스트볼이 빠르다 한들 자신의 방망이를 압도하지는 못할 것이라고 확신했다.

BJ 힌치 감독도 빅터 에르난데스에게 별도의 사인을 내지 않았다. 발 빠른 호세 엘투베가 3루에 있고 데이터가 부족한 타자가 타석에 들어서 있었다.

자신의 투수 기용법을 눈치챘다면 선취점을 내주는 게 어떤 결과로 이어질지 모르지는 않을 터.

한정훈이 제아무리 사이영상 수상자라 하더라도 분명 부

담을 느낄 것이라고 여겼다.

게다가 주자 3루 상황이다. 한정훈이 새로 개발했다는 포크볼이나 스플리터는 쉽게 던지지 못할 터였다.

하지만 정작 한정훈은 눈 하나 까딱하지 않았다. 타석에서 건방지게 자신을 노려보는 타자도, 자신의 신경을 분산시키겠다고 까부는 호세 엘투베도 무시했나. 그저 아담 앤더슨의 미트를 향해 힘껏 공을 내던졌다.

퍼어엉!

묵직한 포구음과 함께 아담 앤더슨의 미트가 들썩거렸다.

105mile/h(≒168.9㎞/h)

마치 빅터 에르난데스 따위는 안중에도 없는 듯한 광속구가 바깥쪽 홈 플레이트 위를 꿰뚫고 들어왔다.

-한정훈, 또다시 105마일짜리 포심 패스트볼을 꺼내 듭니다.

-오늘 구심은 바깥쪽 공을 제법 넉넉하게 잡아줬죠. 구심의 스트라이크존을 감안한다면 저 정도 코스는 거의 한가운데라 여겨도 무방해 보입니다.

-빅터 에르난데스, 조금 얼이 빠진 표정인데요.

-저런 표정들, 우리는 너무 많이 봐서 익숙하지만, 중계를 처음 보는 분들을 위해 설명해 드리자면 이런 겁니다. 마이너리그 타자 중에서 패스트볼에 자신 없는 타자는 없거든요. 게다가 마이너리그에서는 100마일대 공을 흔히 볼 수 있습니다. 메이저리그로 콜업된 타자들이라면 그 100마일대 공을 아무렇지도 않게 때려낼 수 있을 테니까요. 타석에 들어설 때 자신만만하게 들어섭니다.

　-한정훈의 공을 마이너리그 투수들과 동일시하면서 말이죠.

　-한정훈의 포심 패스트볼 최고 구속은 오늘 기록한 105마일이고 평균 구속은 102마일 정도죠. 가끔 100마일의 공이 들어오기도 하니까 못 칠 건 없겠다 싶은 거죠.

　-하지만 한정훈의 공을 실제로 경험한 타자들의 이야기는 다르잖아요?

　-그렇습니다. 메이저리그 최고의 타자들이 메이저리그 최고의 패스트볼로 한정훈의 포심 패스트볼을 꼽았다는 사실을 안다면 한정훈의 공이 구속 그 이상의 무언가가 있다는 걸 알게 될 텐데 패기와 자신감에 가득 찬 젊은 타자들은 그걸 무시해 버리죠.

　-그래서 한정훈의 공을 보고는 다들 저렇게 얼빠진 표정을 짓게 되는 거로군요.

-지금도 화면에 나오지만 빅터 에르난데스. 머릿속이 복잡할 겁니다. 치라고 던져 준 포심 패스트볼에 스윙조차 하지 못했거든요. 아마 한정훈이 똑같은 공을 또 던져도 빅터 에르난데스의 방망이가 나올 것 같지는 않습니다.

호르에 포사다는 한정훈에게 흔치 않은 위기 상황을 즐겼다. 한정훈이 메이저리그 최고 투수인 이유로 위기관리 능력을 언급해 온 그에게 지금 같은 상황은 자신의 주장이 틀리지 않는다는 걸 증명할 기회나 다름없었다.

같은 포수라서인지 아담 앤더슨도 호르에 포사다와 생각이 같았다.

'이 자식, 절대 못 칠 거야.'

아담 앤더슨이 초구와 똑같은 위치로 미트를 들어 올렸다. 그러자 한정훈이 기다렸다는 듯이 투수판을 박차고 앞으로 튀어 나갔다.

후아앗!

한정훈이 온몸으로 내던진 공이 순식간에 빅터 에르난데스의 시야 밖으로 사라졌다. 빅터 에르난데스가 뭔가를 자각하고 몸을 움찔거렸을 때는 이미 한정훈의 공이 홈 플레이트를 스쳐지나 아담 앤더슨의 미트 속에 파묻힌 뒤였다.

퍼어엉!

또다시 묵직한 포구음이 경기장을 울리자 애스트로스 팬들의 표정이 절망으로 물들기 시작했다.

"제발! 제발!"

"에르난데스! 뭐라도 해보라고!"

대부분의 팬은 두 손을 맞잡고 기도했다. 몇몇 팬은 빅터 에르난데스를 향해 절규하듯 악을 써댔다.

하지만 빅터 에르난데스는 아무것도 보이지도, 들리지도 않았다. 오죽했으면 BJ 힌치 감독이 다급히 스퀴즈 번트 사인을 냈다는 사실조차 인지하지 못했다.

멍하니 3루 코치를 바라보던 빅터 에르난데스가 힘겹게 타석에 들어섰다. 불안했던지 3루 코치가 빅터 에르난데스 쪽으로 다가가려 했지만, 그보다 한정훈의 투구가 더 빨랐다.

후아앗!

한정훈의 손끝을 빠져나간 공이 빅터 에르난데스의 시야를 가득 채웠다.

'때려야 해!'

빅터 에르난데스는 반사적으로 방망이를 휘둘렀다. 초구와 2구. 순식간에 사라져 버린 공들은 어쩔 수 없다 치더라도 처음으로 눈에 들어온 이번 공은 어떻게든 때려야겠다는 마음이 앞섰다.

하지만 곧장 날아온다 싶었던 공은 마지막 순간에 밑으로 혹하고 가라앉아 버렸다.

'포크볼!'

빅터 에르난데스가 뒤늦게 구종을 알아챘지만 그때는 이미 방망이가 홈 플레이트를 지난 뒤였다.

팟!

아담 앤더슨은 홈 플레이드 앞쪽에서 튀어 오른 공을 가슴으로 막아낸 뒤 재빨리 손으로 움켜잡았다. 그리고 멍하니 서 있는 빅터 에르난데스의 등에 공을 가져다 댔다.

"아웃!"

구심이 기다렸다는 듯이 주먹을 들어 올렸다. 그렇게 애스트로스가 처음으로 맞이한 2사 3루의 기회는 수포로 돌아갔다.

"이 멍청아! 뭐 하는 거야! 번트 사인 났잖아!"

허무하게 이닝이 끝나자 호세 엘투베가 빅터 에르난데스에게 달려들었다.

한정훈을 상대로 쓰리 번트를 대기가 쉽지는 않겠지만 적어도 시도라도 해봤다면 최소한 한정훈을 조금 더 지치게 만들 수 있었다.

그런데 빅터 에르난데스가 형편없는 헛스윙으로 물러나면서 한정훈의 기세만 살려준 꼴이 되고 말았다.

다행히 선수들이 뜯어말리며 주먹다짐으로까지 번지지는

않았지만, 애스트로스의 분위기는 최악으로 치달았다. 이런 상황에서 양키즈의 7회 초는 4번 타자 그린 버드부터 시작했다.

"투수 바꿔."

"벌써요?"

"중심 타선이야. 여기서 흐름 내주면 끝장이라고!"

BJ 힌치 감독은 마이크 펠리스를 내리고 좌완투수 토니 슬리프를 올렸다. 4번 타자 그린 버드를 중견수 플라이로 잡아낸 토니 슬리프가 5번 타자 제이크 햄튼을 사사구로 내보내자 또다시 좌완투수 앤서니 가드너를 올렸다.

앤서니 가드너는 6번 타자 더스티 애클리와 7번 타자 카일 스위버를 각각 삼진과 유격수 앞 땅볼로 돌려세우고 이닝을 끝마쳤다.

"좋아, 조금만 더 버티면 돼."

BJ 힌치 감독이 고개를 끄덕였다. 6회 말 절호의 기회를 놓치긴 했지만, 오늘 경기를 이길 기회는 아직 남아 있다고 확신했다.

8회 초 아담 앤더슨과 로비 레프스나이더를 범타로 처리한 앤서니 가드너는 다시 우완 투수 앨런 해리스로 교체가 됐다.

앨런 해리스는 1번 타자 브라이언 리를 삼진으로 잡아내고 마지막 아웃 카운트를 잡아냈다.

9회 초에 다시 마운드에 오른 앨런 해리스는 비비 그레고리우스와 요하니스 페데즈를 투수 앞 땅볼과 우익수 플라이로 유도한 뒤 마운드를 미카엘 깁슨에게 넘겼다.

-흠, BJ 힌치 감독. 또다시 마운드에 오릅니다.

-아, 투수를 바꾸는데요? 벌써 7번째 투수입니다.

-케니 자일스와 미카엘 깁슨을 제외한 불펜 투수를 전부 등판시켰는데요.

-마무리 투수인 케니 자일스가 나올 상황은 아닌 만큼 미카엘 깁슨이 나올 것이라 예상되네요.

양키즈 중계진의 예상대로 7번째 투수는 미카엘 깁슨이었다. 올 시즌 5선발 경쟁에서 가장 앞선다는 평가를 받았다가 조니 데이브에 밀려 불펜으로 자리를 옮긴 비운의 투수였다.

미카엘 깁슨이 선발 경쟁에서 탈락한 가장 큰 이유는 체력이었다. 4이닝 정도는 곧잘 버티다가 투구 수가 70구를 넘어가는 시점부터 급격하게 밸런스가 무너지는 투수에게 선발 자리를 내줄 구단은 메이저리그에 없다시피 했다.

미카엘 깁슨은 양키즈의 4번 타자 그린 버드를 범타로 돌려세우고 마운드를 내려왔다. 2구째 바깥쪽으로 흘러나가는 슬라이더를 그린 버드가 힘껏 잡아당겼지만, 타구에 힘이 실리지 않았다.

0 대 0.

1회부터 시작된 0의 행진이 9회 초까지 이어졌다. 그리고 정규 이닝 마지막 수비를 위해 한정훈이 마운드에 올랐다.

"이제 마지막 이닝이야."

평소보다 오래 숨을 고르는 한정훈을 바라보며 BJ 힌치 감독이 입가를 비틀어 올렸다.

8회까지 한정훈의 투구 수는 고작 84구에 불과했다. 지난 시즌 평균 투구 이닝과 비교했을 때 특별히 많은 공을 던진 건 아니었다.

하지만 BJ 힌치 감독은 한정훈이 이번 이닝을 끝으로 마운드에서 내려갈 것이라고 확신했다.

에이스라면 끔찍이 아끼는 조지 지라디 감독의 성격상 10회부터 불펜을 가동할 가능성이 컸다. 괜히 한정훈을 밀어붙였다가 체력적인 한계로 인해 오늘 경기를 패배한다면 그 여파는 상상을 초월하게 될 터.

조지 지라디 감독이 그런 모험을 할 리 없다고 여겼다.

물론 한정훈의 투구 수가 여유로운 만큼 한 이닝 정도는 더 나올지도 모를 일이었다. 하지만 BJ 힌치 감독은 가급적이면 다음 이닝 때 양키즈의 불펜 투수를 만나고 싶었다.

이번 이닝이 삼자범퇴로 끝이 난다면 다음 이닝은 3번부터 시작된다.

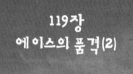

119장
에이스의 품격(2)

카를로스 코어-JJ 리드-존 스프링어.

한정훈을 상대로는 단 1안타밖에 때려내지 못한 중심 타선
이지만 지난 시즌 무려 100개의 홈런포를 합작한 강타자들이
었다. 다른 투수들에게는 충분히 위압감을 줄 수 있었다.

그러기 위해서는 이번 이닝에서 한정훈의 투구 수를 최대
한 늘려놓을 필요가 있었다.

"몬타나를 빼고 코트너를 내보내."

BJ 힌치 감독이 또다시 조커를 꺼내 들었다. 지난 시즌 마
이너리그에서 발군의 타격감을 자랑하던 에반 코트너를 대
타로 내세운 것이다.

물론 에반 코트너가 한정훈을 상대로 안타를 때려내 줄 거라는 기대감은 없었다.

한정훈을 여러 차례 상대해 본 타자들조차 기를 못 펴는 상황이었다. 그런 한정훈의 공을 이제 막 개막전 엔트리에 포함된 에반 코트너가 공략하는 건 불가능에 가까운 일이었다.

다만 BJ 힌치 감독은 에반 코트너가 마이너리그에서 보여 줬던 것처럼 끈질기게 한정훈을 물고 늘어져 주길 바랐다.

투 스트라이크 이후 방망이를 짧게 잡고 투수들의 실투가 들어올 때까지 공을 걷어내던 그 모습을 오늘 재현해 준다면 한정훈이 10회에 다시 마운드에 서는 일은 없을 것 같았다.

그러나 한정훈은 9회를 끝으로 마운드를 넘길 생각이 전혀 없었다.

'미안하지만 이런 건 한국에서 내성이 쌓여서 말이지.'

한정훈이 한국 리그를 씹어 먹는 4년간 각 팀의 감독들은 한정훈을 무너뜨리기 위해 갖은 수를 동원했다. 그중에서도 가장 빈번하게 사용됐던 게 기습 번트 작전과 투수 올인 작전이었다.

기습 번트 작전은 거의 매 경기 등장했다. 선수가 자발적으로 기습 번트를 대는 경우도 있고 벤치에서 연달아 번트 사인을 내서 한정훈을 흔들려 드는 경우도 있었다.

투수 올인 작전도 한 시즌에 서너 번은 접했다. 한정훈도 인간인 만큼 경기 후반에 가면 체력적으로 지치고 실투 확률이 높아질 테니 투수들을 전부 동원해 승부를 경기 후반으로 끌고 가겠다는 계산이었다.

하지만 그때마다 한정훈은 흔들리지 않고 꿋꿋이 자신의 피칭을 이어갔다. 그리고 한정훈 흔들기에 실패한 상대 팀들이 먼저 무너졌다.

결과적으로 교타자들로 투구 수를 늘리고 투수들을 집중해 진을 빼는 작전으로 한정훈을 무너뜨리기란 쉽지 않았다.

그러나 변수는 남아 있었다. 한국은 12회 제한인 반면 메이저리그는 이닝 제한이 없었다. 승부가 날 때까지 경기를 치르는 시스템이었다.

BJ 힌치 감독이 어떻게든 한정훈을 이겨보겠다며 선발 투수들까지 투입한다면 제아무리 한정훈이라 하더라도 끝까지 버티지 못할 가능성이 컸다.

그래서 한정훈은 투구 패턴을 완전히 바꿨다. 9회는 물론이고 연장전에 대비하기 위해서라도 투구 수를 아낄 필요가 생긴 것이다.

"칠 수 있으면 쳐 봐."

아담 앤더슨의 미트를 향해 한정훈이 힘껏 공을 내던졌다.

퍼어엉!

포구 소리가 요란하게 울렸다. 뒤이어 구심이 단호하게 오른팔을 들어 올렸다.

"스트라이크!"

몸 쪽 스트라이크존을 관통하는, 의심의 여지가 없는 완벽한 스트라이크였다.

물론 에반 코트너는 인정할 수 없다는 표정이었다. 이런 터무니없는 공이 몸 쪽에 꽉 차게 들어왔는데 이걸 스트라이크로 잡아준다면 타자는 칠 공이 없었다.

하지만 에반 코트너는 차마 구심에게 항의하지 못했다. 이제 막 메이저리그에 올라온 루키가 스트라이크 판정을 가지고 따져도 될 만큼 메이저리그는 녹록지 않았다.

한정훈도 에반 코트너의 사정을 봐주지 않았다. 2구째 바깥쪽으로 아슬아슬하게 걸치는 J-스플리터를 던져 두 번째 스트라이크를 잡아냈다.

"크으으!"

에반 코트너가 억울하다며 펄쩍 뛰었지만 구심의 판정은 달라지지 않았다. 한정훈은 전년도 사이영상 수상자였다. 반면 에반 코트너는 풀타임을 소화할 수 있을지조차 장담하기 어려운 루키에 불과했다.

"젠장! 두고 보자!"

궁지에 몰린 에반 코트너는 방망이를 짧게 움켜쥐었다. 아무것도 하지 못하고 투 스트라이크를 먹긴 했지만 이대로 당할 생각은 없었다.

방망이 중심에 맞추는 게 아니라 단순히 걷어내는 거라면 어떤 구종도 자신 있었다.

최근 한정훈이 던지기 시작한 커브가 들어와도 마찬가지였다. 오히려 한정훈이 느린 변화구를 던져 준다면 타이밍을 맞춰 행운의 안타가 나올지도 몰랐다.

그러나 한정훈의 손끝에서 3구가 튕겨 나오자 자신만만하던 에반 코트너의 얼굴이 와락 일그러졌다.

'패스트볼!'

구속은 분명 패스트볼 계열이었다. 초구에 들어온 포심 패스트볼처럼 빠르진 않았지만, 체인지업처럼 느껴지진 않았다.

'칠 수 있어!'

에반 코트너는 망설이지 않고 타격 동작에 들어갔다. 한정훈의 빠른 공에 대비해 한발 먼저 홈 플레이트 앞에서 기다린 뒤 달려드는 공을 가볍게 맞혀낼 생각이었다.

그런데 조금씩 꿈틀거리며 날아오던 공이 홈 플레이트를 앞에 두고 갑자기 뚝 하고 떨어져 내렸다.

'스플리터!'

에반 코트너는 팔을 쭉 뻗었다. 미처 대비하지 못한 스플리터가 들어왔지만 어떻게든 맞춰내기만 한다면 또다시 타격 기회를 얻을 수 있을 것이라 여겼다.

하지만 한정훈이 던진 공은 에반 코트너의 예상보다 더 큰 각도로 고꾸라졌다.

'포크볼!'

에반 코트너가 마지막까지 공을 쫓아봤지만 홈 플레이트 앞쪽에서 바운드 된 공을 맞힌 재주는 없었다.

그나마 유일한 희망이 있다면 공이 빠지길 기다리는 것뿐이었지만 스프링캠프에서 수비 훈련을 집중적으로 받은 아담 앤더슨은 아무렇지도 않게 공을 받아낸 뒤 미트로 에반 코트너를 가볍게 밀쳐 냈다.

-한정훈, 환상적인 포크볼로 에반 코트너를 잡아냅니다.

-BJ 힌치 감독의 표정이 좋지 않습니다. 계획대로 일이 풀리지 않는 것 같은데요.

-하지만 아직 방심하기에는 이릅니다. 오늘 한정훈에게 3루타를 때려낸 호세 엘투베의 타석입니다.

-어느 정도 행운이 따른 안타이긴 했습니다만 한정훈도 조심해야 합니다. 오늘 호세 엘투베의 타격 컨디션은 확실히 좋아 보이니까요.

양키즈 해설진이 긴장감을 조성하는 사이 1번 타자 호세 엘투베가 네 번째 타석에 들어섰다.

'이번 이닝에 100구를 넘기게 만들어주마.'

에반 코트너 만큼이나 호세 엘투베도 방망이를 짧게 잡았다. 지난해 와일드카드 결정전에서 한정훈을 제대로 괴롭혔던 만큼 집중만 한다면 에반 코트너가 실패한 임무를 성공시킬 수 있을 것 같았다.

그러나 한정훈은 호세 엘투베가 원하는 대로 도망치는 피칭을 할 생각이 없었다.

툭. 툭.

스파이크에 박힌 흙을 털어낸 뒤 한정훈이 아담 앤더슨을 바라봤다.

아담 앤더슨의 초구 사인은 몸 쪽 하이 패스트볼. 호세 엘투베가 기습적으로 번트를 댈지도 모를 상황을 염두에 둔 리드였다.

한정훈은 가볍게 고개를 끄덕였다. 그리고 투수판을 내차며 힘껏 공을 던졌다.

후아앗!

한정훈의 손끝을 빠져나온 공이 맹렬히 회전하며 호세 엘투베의 몸 쪽을 파고들었다.

"큭!"

공의 무브먼트에 놀란 호세 엘투베가 다급히 고개를 뒤로

젖혔다. 높은 쪽 코스를 좋아하긴 했지만 쳐 봐야 좋은 타구가 나오지 않을 공을 건드리는 건 무의미하다고 여겼다.

퍼엉!

아담 앤더슨이 마지막 순간 공을 눌러 받았지만 구심은 스트라이크를 선언하지 않았다. 다른 타자들보다 키가 작은 호세 엘투베의 체격 조건을 고려한 판단이었다.

한정훈도 선선히 고개를 주억거렸다. 어차피 보여주기 위한 초구였다. 볼 판정을 받았다고 해서 민감하게 굴 이유가 없었다.

아담 앤더슨은 2구째 바깥쪽으로 파고드는 투심 패스트볼을 요구했다. 볼카운트에서 손해를 본 만큼 2구를 통해 만회하자는 이야기였다.

퍼엉!

한정훈은 아담 앤더슨의 미트를 향해 정확하게 공을 꽂아넣었다. 호세 엘투베는 감히 방망이를 내밀 엄두조차 내지 못했다. 바깥쪽으로 시작해 바깥쪽 스트라이크존을 훑고 지나는 공이 너무나 멀게 느껴진 탓이었다.

"스트라이크!"

야속하게도 구심은 오른팔을 들어 올렸다. 호세 엘투베가 너무 멀었다는 제스처를 취했지만 받아들여지지 않았다.

원 스트라이크 원 볼.

투수와 타자, 모두가 이겨야 하는 3구째 승부에서 한정훈은 커브를 선택했다.

　호세 엘투베의 목적이 안타가 아닌 투구 수 늘리기라면 굳이 변화구를 노리지는 않을 거라고 판단했다.

　그리고 그 대담한 승부는 정확하게 먹혀들었다.

　"크윽!"

　한복판으로 날아든 커브에 호세 엘투베가 속절없이 당하고 만 것이다.

　살짝 열이 받았는지 호세 엘투베는 한동안 타석 밖을 서성였다. 그러다 구심이 두 번째 타석에 들어오라는 신호를 보내자 마지못해 타석에 들어왔다.

　'패스트볼로 끝을 보려고 하겠지.'

　호세 엘투베는 한정훈이 에반 코트너를 상대했을 때처럼 패스트볼 계열로 빠르게 승부를 걸어올 것이라고 예상했다.

　그중에서도 포크볼이나 스플리터를 예상했다. 3구째 커브가 들어온 만큼 변화구는 머릿속에서 지워 버렸다.

　호세 엘투베가 홈 플레이트 쪽으로 바짝 다가서자 아담 앤더슨이 역으로 몸 쪽 공 사인을 냈다. 하지만 한정훈은 가볍게 고개를 흔들었다.

　투 스트라이크 이후 집중력이 좋은 호세 엘투베라면 어지간한 몸 쪽 공은 어떻게든 파울을 만들어낼 가능성이 컸다.

한두 점 차 리드 하는 상황이라면 한정훈도 조금 더 여유롭게 공을 던졌을 것이다. 아니, 그때는 오히려 타자들이 어떻게든 안타를 때려내려고 덤벼들었을 것이다.

하지만 0 대 0, 연장을 앞둔 상황에서 애스트로스가 원하는 대로 쓸데없이 투구 수를 늘리고 싶은 마음은 없었다.

'바깥쪽. 체인지업.'

아담 앤더슨이 몸 쪽 코스에 집착하자 한정훈이 직접 사인을 냈다. 순간 아담 앤더슨의 눈이 커졌다.

그 공을 던지다 호세 엘투베에게 3루타를 내줬는데 또다시 던지겠다니. 한정훈이 무슨 생각인지 좀처럼 판단이 서질 않았다.

그러나 아담 앤더슨은 이내 한정훈이 원하는 대로 미트를 들어 올렸다. 승부욕이나 자존심을 떠나 매 순간 냉정함을 잃지 않는 한정훈이라면 나름의 생각이 있을 것이라 여겼다.

사인 교환을 끝내기가 무섭게 한정훈은 곧바로 투구 동작에 들어갔다.

그러자 호세 엘투베도 반사적으로 타격 자세를 취했다. 한정훈의 패스트볼을 걷어내기 위해서는 한정훈보다 먼저 만반의 준비를 갖출 수밖에 없었다.

후아앗!

한정훈이 내던진 공이 고요해진 애스트로스 파크를 갈랐다.

'바깥쪽 패스트볼!'

호세 엘투베는 기다렸다는 듯이 방망이를 내밀었다. 그런데 생각만큼 공이 빠르게 날아오질 않았다.

'젠장! 체인지업이잖아!'

호세 엘투베가 다급히 허리를 멈춰 세웠다. 그러면서 스윙을 최대한 지연시켰다.

한정훈의 패스트볼과 체인지업의 구속 차이는 가장 이상적이라는 10mile/h.

그 간극을 극복하기 위해 호세 엘투베는 마지막까지 집중력을 잃지 않았다.

하지만 한정훈이 던진 공은 단순한 체인지업이 아니었다.

우타자 바깥쪽으로 휘어져 나가는 변종 체인지업.

따악.

호세 엘투베의 방망이 끝에 걸린 타구가 1루 쪽으로 힘없이 굴러갔다.

호세 엘투베가 1루 라인을 벗어나라고 소리를 내질렀지만, 공은 1루수 그린 버드의 글러브 속으로 굴러 들어갔다.

"환장하겠군."

한정훈의 투구 수를 최소 10구 이상은 늘려줄 거라 기대했던 에반 코트너와 호세 엘투베가 허무하게 물러나자 BJ 힌치 감독의 얼굴이 벌겋게 달아올랐다.

설상가상 빅터 에르난데스라 한정훈의 초구를 건드려 3루수 파울 플라이로 물러나자 BJ 힌치 감독이 기어코 폭발해 버렸다.

"대체 뭘 하고 있는 거야! 홈 개막전이야! 정말로 한정훈에게 오늘 경기를 내줄 생각이야?"

BJ 힌치 감독의 호통 소리가 쩌렁쩌렁하게 울렸다.

세 번째 타순이 끝나고 이제 네 번째 타순에 들어서는데도 고작 2안타 빈공이라니.

이래서는 한정훈은 물론이고 양키즈를 이길 방법이 없었다.

다행히 양키즈 타선도 계속해서 침묵을 지켜주었다.

올 시즌 조지 지라디 감독이 야심차게 구성한 제이크 햄튼-더스티 애클리-카일 스위버로 이어지는 중량감 있는 타자들이 타석에 들어섰지만, 누구 하나 안타를 때려내지 못했다.

그러나 BJ 힌치 감독은 웃을 수가 없었다. 10회 말에 마운드에 오른 한정훈이 복수하듯 애스트로스의 중심 타선을 전부 3구 삼진으로 짓눌러 버렸기 때문이다.

3번 타자 카를로스 코어는 연달아 날아든 패스트볼을 지켜만 보다 타석에서 물러났다.

호세 엘투베와 함께 애스트로스 타자 중 유일하게 안타를 때려냈던 만큼 한정훈이 어렵게 승부할 것이라 기대했는데 역으로 당하고 만 것이다.

반대로 4번 타자 JJ 리드는 적극적으로 덤벼들다가 삼진을 먹었다. 카를로스 코어처럼 정면 승부를 걸 줄 알았는데 한정훈이 3구 연속 유인구를 던져 버린 것이다.

덕분에 5번 타자 존 스프링어는 머릿속이 복잡해졌다. 가뜩이나 상대 전적도 형편없는데 한정훈이 어떻게 나올지 알 수가 없으니 노림수를 가져가기도 어려웠다.

그렇게 우왕좌왕하는 존 스프링어마저 삼진으로 돌려세운 뒤 한정훈은 당당히 마운드를 내려갔다.

"하아……."

"저 자식은…… 대체 정체가 뭐야?"

"한정훈이 몰래 약을 복용하고 있다던데 사실 아니야?"

"정말 그럴지도 몰라. 그게 아니면 이렇게 잘 던질 수가 없잖아!"

애스트로스 파크를 가득 메운 관중들은 반쯤 넋이 나가 있었다.

정규 이닝이 끝나면 안 볼 줄 알았던 한정훈이 마운드에 올라 믿었던 3, 4, 5번 타자를 짓밟아 버렸으니 꼭 더러운 악몽을 꾼 것 같은 기분마저 들었다.

"그나저나 대체 삼진이 몇 개인 거야?"

"후우…… 20개."

"뭐? 스무 명이나 한정훈한테 삼진을 당한 거야?"

"짜증 나니까 목소리 낮춰."

"아오, 저 병신 머저리 같은 놈들! 안타 2개가 뭐야, 대체!"

관중석 곳곳에서 불만이 터져 나왔다. 무려 7명의 투수가 나와서 양키즈 타선을 틀어막고 있으면 미안해서라도 한 점쯤은 쥐어짜 내야 할 텐데 상 하위 타선 가릴 것 없이 집단으로 침묵하고 있으니 짜증이 치밀 수밖에 없었다.

애스트로스 중계석도 할 말을 잃은 지 오래였다. 오직 양키즈 중계석만이 한정훈을 연호하며 흥을 냈다.

─한정훈! 정말 경이로운 피칭을 이어가고 있습니다.

─애스트로스의 3, 4, 5번을 전부 삼진으로 돌려세웠습니다. 이런 투수가 핀 스트라이프를 입고 있다는 게 너무나 자랑스럽습니다.

─8회까지 투구 수가 많아서 조금 걱정했었는데요.

─8회까지 84구였으니까 절대적인 기준으로 많이 던진 건 아닙니다. 다만 지난 시즌 한정훈의 이닝 당 평균 투구 수와 큰 차이가 없었기 때문에 마운드를 내려갈 시점이 다가왔다는 걱정이 들었죠.

─하지만 한정훈, 10회까지 단 101구로 끊어냈습니다. 참

고로 지난 시즌 한정훈의 최다 투구 수는 애스트로스와의 와일드카드 결정전 때 던졌던 115구였습니다.

─한국에 있을 때는 그보다 더 많은 공을 던진 적이 많으니까 앞으로 2이닝 정도는 더 던질 수 있을 것이라고 생각합니다.

─12회까지는 가능하다는 말이죠?

─제 예상으로는 그렇습니다. 하지만 13회까지는 가지 않았으면 합니다. 한정훈이 11회와 12회를 삼자범퇴로 돌려세우면 13회 말에 또다시 중심 타선과 맞닥뜨리니까 그 전에 어떻게든 경기를 끝내는 게 좋을 것 같습니다.

─이제 관건은 양키즈 타선이 언제쯤 터져주느냐는 건데요.

양키즈 타선 이야기가 나오자 호르에 포사다의 입에서 무거운 한숨이 흘러나왔다.

한정훈의 눈부신 호투 속에서도 아직 경기가 끝나지 않고 있는 가장 큰 이유가 다름 아닌 타자들의 빈공 때문이었다.

BJ 힌치 감독이 불펜 투수들을 전부 투입하는 초강수를 뒀다고는 하지만 타자들의 의지가 부족한 점도 없지 않았다.

한정훈이 마운드에 버티고 있으니 최소한 지지는 않겠다는 안도감 때문인지는 몰라도 어떻게든 출루해서 팀의 공격에 보탬이 되겠다는 악착같은 플레이가 보이지 않았다.

"다들 정신 차려! 에이스를 언제까지 던지게 할 건데? 20회? 30회? 이게 양키즈야? 이런 게 양키즈냐고!"

조지 지라디 감독도 타자들에게 언성을 높였다. 월드 시리즈 마지막 경기도 아니고 시즌 개막전 첫 경기부터 한정훈을 혹사시켜야 한다는 사실이 그저 답답하기만 했다.

"집중하자! 집중해!"

"에이스를 위해 싸우자! 정훈의 고생을 헛되게 만들어서는 안 돼!"

타자들도 저마다 의지를 다졌다. 전년도 사이영상 수상자를 내세우고도 상대팀의 변칙 전술에 휘말려 힘 한번 써 보지 못하고 패배하는 최악의 상황만큼은 어떻게든 피하고 싶었다.

11회 초 양키즈의 공격은 득점 없이 끝났다. 아담 앤더슨이 땅볼로 물러난 뒤 로비 래프스나이더와 브라이언 리가 연속 안타로 출루하며 분위기를 끌어올렸지만 2번 타자 비비 그레고리우스가 병살타를 때려내며 득점에 실패하고 말았다.

하지만 양키즈 더그아웃의 분위기는 밝았다. 타자들의 방망이 중심에 공이 맞아 나가기 시작했기 때문이다.

비비 그레고리우스의 타구도 유격수 직선타가 되면서 더

블플레이로 이어졌다.

만약 유격수 카를로스 코어의 몸을 날리는 호수비가 없었다면 전광판을 뒤덮은 0의 행진은 일찌감치 깨졌을 것이다.

타자들이 되살아 날 기미를 보이자 한정훈도 더욱 힘을 냈다.

선두 타자로 나온 6번 존 싱글을 유격수 앞 땅볼로 돌려세운 뒤 7번 타자 프레스톤 마커를 삼진으로 돌려세웠다.

8번 알퍼드 곤잘레스에게 몸 쪽 공을 구사하다 시즌 1호 사구를 기록하기도 했지만 9번 타자 에반 코트너를 다시 삼진으로 잡아내며 이닝을 끝마쳤다.

11이닝 2피안타 1사사구 무실점.
탈삼진은 무려 23개.

ー정말 대단한 기록입니다.
ー오늘 경기가 어떻게 끝이 날지는 모르겠습니다만 한정훈의 이 기록은 두고두고 메이저리그 개막전 최고의 피칭으로 기억될 것 같습니다.

애스트로스 중계진조차 한정훈의 기록 앞에 경의를 보냈다. 과연 아메리칸리그 사이영상 수상자답다며 오늘의 투구

가 이어질 경우 사이영상 2연패도 문제없을 것이라며 극찬을
아끼지 않았다.

그럴수록 BJ 힌치 감독은 착잡하게 변해갔다.

11회까지 한정훈의 투구 수는 114구.

자신이 한계 투구 수로 예상한 120구에서 6개나 부족한 숫
자였다.

더 놀라운 것은 구속이었다.

에반 코트너를 삼진으로 돌려세운 114구째 포심 패스트볼
의 구속이 자그마치 103mile/h(≒165.7㎞/h)이었다. 경기 초반
105mile/h(≒168.9㎞/h)까지 던졌으니 2mile/h 정도 구속이 낮
아지긴 했지만 114구라는 투구 수를 감안한다면 구속 감소
는 거의 없다고 봐도 무방할 정도였다.

"크윽."

BJ 힌치 감독의 입에서 절로 신음이 흘러 나왔다.

이대로라면 한정훈은 12회에도 마운드에 오를 것이다. 그
리고 12회에 마운드에 올라 애스트로스 파크를 더 깊은 절망
속으로 밀어 넣을 것이다.

"이대로는 안 돼. 어떻게든 방법을 찾아야 해."

BJ 힌치 감독이 질근 입술을 깨물었다.

이렇게까지 했는데 오늘 경기를 내준다면…… 올 시즌 지
구 1위를 차지하고 월드 시리즈를 노리겠다는 목표 자체가

흔들릴 것만 같았다.

"케빈을 준비시켜."

BJ 힌치 감독은 아껴두었던 마지막 히든카드를 꺼내 들었다.

더 이상 한정훈의 투구 수를 늘리는 게 의미가 없으니 이번 12회 말 공격에서 어떻게든 점수를 뽑아내 경기를 끝마칠 생각이었다.

하지만 애석하게도 먼저 승기를 낚아챈 건 양키즈였다.

포문을 연 것은 요하니스 페데즈.

따악!

미카엘 깁슨의 3구째 몰린 포심 패스트볼을 잡아당겨 담장을 직격하는 2루타를 때려낸 것이다.

뒤이어 4번 타자 그린 버드도 사사구를 얻어내고 1루를 채웠다.

미카엘 깁슨이 어떻게든 그린 버드의 범타를 유도하기 위해 애를 썼지만 그린 버드는 유인구에 단 한 번도 방망이를 내밀지 않았다.

무사 1, 2루.

"젠장할!"

BJ 힌치 감독의 머릿속이 복잡해졌다.

그야말로 위기였다. 앞선 이닝에서도 미카엘 깁슨이 연속 안타를 허용하고 흔들리긴 했지만, 그때와 지금의 분위기는 전혀 달랐다.

2번 타자 비비 그레고리우스는 미카엘 깁슨이 힘으로 이겨낼 수 있었다.

하지만 장타력만큼은 전문가들조차 혀를 내두르는 제이크 햄튼은 달랐다.

정확도는 비비 그레고리우스보다 떨어질지 몰라도 공이 조금이라도 몰렸다간 그대로 담장 밖으로 날려 버릴 펀치력을 가지고 있었다.

"투수를 바꾸는 게 좋을 것 같습니다."

"제 생각도 같습니다."

코치들이 앞다투어 투수 교체를 권했다.

0 대 0.

승부가 언제 끝날지 모르는 상황에서 8번째 투수를 투입한다는 게 말처럼 간단한 일은 아니겠지만 일단 급한 불은 꺼야 한다는 의견이 지배적이었다.

그러나 BJ 힌치 감독은 고개를 저었다. 미카엘 깁슨을 내리면 남은 투수는 마무리 케니 자일스뿐이다. 이기는 경기에 써야 하는 마무리 투수를 고작 지지 않기 위해 투입한다는 건 말이 되지 않았다.

설사 케니 자일스가 이번 이닝을 잘 막아주더라도 그다음이 문제였다. 만에 하나 12회 말 공격에서도 득점에 실패한다면 13회 초에 올릴 투수가 없었다.

1이닝 투구에 최적화된 케니 자일스에게 13회를 맡기는 건 무리였다. 그렇다고 선발 투수 중 한 명을 끌어다 쓸 수도 없는 노릇이었다.

"일단은…… 이대로 간다."

BJ 힌치 감독이 어렵사리 결단을 내렸다. 케니 자일스가 일찌감치 몸을 풀었다면 몰라도 갑작스럽게 마운드에 올려 봐야 좋은 결과를 기대하기 어려웠다.

그렇다면 차라리 미카엘 깁슨에게 이번 이닝을 맡기는 편이 나았다. 미카엘 깁슨이 이 위기만 잘 넘어가 준다면 앞으로 1이닝은 더 던질 수 있었다.

'그렇게 된다면……'

BJ 힌치 감독은 빠르게 계획을 수정했다. 최고의 시나리오는 미카엘 깁슨이 무실점으로 막아주고 12회 말에 한정훈을 무너뜨리는 것이었다.

하지만 12회 말에 경기를 끝내지 못해도 걱정은 없었다. 한정훈이 사라지고 양키즈 불펜 투수들이 부담감 속에 등판할 13회에 중심 타선이 들어서기 때문이었다.

그러나 BJ 힌치 감독은 제 생각에 빠져 한 가지를 간과하고 있었다. 12회에 한정훈을 무너뜨려 통쾌한 승리를 거두는 것도, 13회에 양키즈의 불펜을 공략해 승리를 쟁취하는 것도 일단 이번 이닝의 무실점이 전제되어야 한다는 점을 말이다.

그런 사실을 누구라도 나서서 강하게 어필해야 했지만, 코치들은 입을 다물었다. 이런 상황에서 굳이 나섰다가 모든 책임을 뒤집어쓰고 싶지 않았던 것이다.

자연스럽게 그 부담은 투수 미카엘 깁슨에게 전가되었다.

"크으으."

미카엘 깁슨이 거칠게 숨을 몰아쉬었다. 그의 앞으로 알퍼드 곤잘레스가 미트로 얼굴을 가린 채로 다가왔다.

"괜찮아? 더 던질 수 있겠어?"

"힘들다면? 교체라도 시켜줄 거야?"

"그럼 조금만 버텨봐. 케니도 몸을 풀 시간이 필요할 테니까."

포수 알퍼드 곤잘레스는 승부사인 BJ 힌치 감독이 이대로 경기를 밀어붙이지는 않을 것이라고 여겼다. 미카엘 깁슨이 지쳐 있는 만큼 투수를 바꿔 실점을 최소화할 것이라고 기대했다.

하지만 아무리 시간을 끌어도 BJ 힌치 감독은 움직일 생각을 하지 않았다.

"젠장. 대체 무슨 생각인 거야?"

알퍼드 곤잘레스가 불만을 터뜨렸다. 지금 이 분위기를 어떻게든 끊어 가야 할 텐데 더그아웃에서 꼼짝도 하지 않는 BJ 힌치 감독이 이해가 가지 않았다.

"됐어. 내가 어떻게든 해볼게."

미카엘 깁슨이 자포자기한 얼굴로 말했다. 그 역시도 이 상황에 마운드에 서 있는 게 죽기보다 싫었다. 할 수만 있다면 마무리 투수 케니 자일스에게 직접 공을 건네주고 싶은 심정이었다.

그러나 투수 교체는 전적으로 감독의 몫이었다. BJ 힌치 감독이 투수를 바꾸지 않는다면 이 상황은 온전히 미카엘 깁슨이 책임져야만 했다.

"정면 승부는 피하는 게 좋겠어. 제이크 햄튼이 성급한 편이니까 최대한 유인구 쪽으로 끌고 가자고."

"그래, 알았어."

의견 교환을 마친 알퍼드 곤잘레스가 서둘러 포수석으로 다가왔다. 그리고 숨 돌릴 새도 없이 곧장 사인을 냈다.

바깥쪽을 파고드는 슬라이더.

어지간한 공은 전부 잡아당기는 제이크 햄튼을 땅볼로 유도할 계획이었다.

미카엘 깁슨도 고개를 끄덕였다. 그리고 2루 주자를 한 번 바라본 뒤 알퍼드 곤잘레스의 미트를 향해 힘껏 공을 내던 졌다.

퍼엉!

낮게 깔린 공이 단숨에 알퍼드 곤잘레스의 미트 속으로 빨려 들어갔다.

"스트라이크!"

뒤이어 구심이 오른팔을 들어 올렸다. 제이크 햄튼은 멀다고 항의했지만 알퍼드 곤잘레스의 프레이밍에 속은 구심은 눈 하나 까딱하지 않았다.

'심판이 돕는군.'

알퍼드 곤잘레스가 씩 웃으며 몸 쪽으로 미트를 움직였다. 초구가 볼 판정을 받았다면 제이크 햄튼의 방망이를 끌어내기 위해 공 하나를 더 뺐겠지만 그럴 필요가 없어졌다.

후아앗!

미카엘 깁슨이 내던진 공이 제이크 햄튼의 몸 쪽으로 파고들었다. 제이크 햄튼이 반사적으로 방망이를 휘둘러 봤지만, 공은 마지막 순간 뚝 떨어져 홈 플레이트를 스쳐 지났다.

"크윽!"

제이크 햄튼은 아쉬움을 감추지 못했다. 포심 패스트볼을 노렸는데 체인지업이 들어올 줄은 몰랐던 모양이었다.

전광판의 두 번째 스트라이크 램프에 불이 들어왔다. 반면 볼 램프는 전부 꺼져 있었다.

자연스럽게 양키즈 더그아웃이 부산해졌다. 볼카운트가 원 스트라이크 원 볼만 됐더라도 타자에게 맡겼겠지만 투 스트라이크라면 최악의 상황을 염두에 둘 수밖에 없었다.

"제이크! 제이크!"

벤치의 사인을 전해 받은 3루 코치 조이 에스파가 제이크 햄튼에게 수신호를 보냈다.

치지 마라. 기다려라.

양키즈 벤치는 3구째 유인구가 들어올 것이라고 판단한 것이다.

제이크 햄튼도 씁쓸히 고개를 주억거렸다. 더블플레이를 걱정하는 벤치의 입장은 충분히 이해가 갔다.

하지만 이 상황에서 스트라이크를 지켜보다 삼진으로 죽고 싶은 마음은 없었다.

'스트라이크는 치고 볼이면 기다린다.'

제이크 햄튼은 당연한 말을 몇 번이고 되뇌었다. 그사이 포수 알퍼드 곤잘레스가 3구 사인을 냈다.

코스는 바깥쪽. 구종은 슬라이더.

초구보다 조금 더 빠지는 코스의 공이었다.

하지만 볼카운트가 몰린 제이크 햄튼에게는 초구와 다름없는 공으로 느껴졌다.

'놓치면 안 돼!'

웨이팅 사인을 잊은 채 제이크 햄튼이 힘껏 방망이를 휘돌렸다.

따악!

방망이 끝에 맞은 타구가 2루수 정면으로 힘없이 굴러갔다.

"좋았어!"

공을 잡은 2루수 호세 엘투베가 유격수 카를로스 코어에게 송구했다. 카를로스 코어는 다시 1루수 존 싱글턴의 글러브를 향해 공을 내던졌다.

4-6-3으로 이어지는 병살타.

양키즈가 걱정하던 최악의 상황이 벌어졌다.

"하하."

경기를 지켜보던 한정훈의 입에서도 헛웃음이 흘러나왔다. 제이크 햄튼의 입장에서는 어쩔 수 없는 선택이었겠지만 다 넘어왔던 경기가 다시 저만치 멀어진 느낌을 지우긴 어려웠다.

그런데 더스티 애클리 타석에서 뜻밖의 상황이 벌어졌다. 오늘 경기에서 잔 실수 한번 없던 알퍼드 곤잘레스가 공을 빠뜨린 것이다.

볼카운트가 투 스트라이크 원 볼로 몰리자 3루 주자 요하니스 페데즈가 기습적으로 홈스틸 동작을 취했다. 그렇게라도 해서 미카엘 깁슨의 집중력을 무너뜨려 보겠다는 발악이었다.

그런데 그 발악이 통했다. 마지막 순간 릴리스가 흔들린 미카엘 깁슨의 슬라이더가 사인보다 바깥쪽으로 휘어져 나갔다.

그 공을 잡기 위해 알퍼드 곤잘레스가 다급히 팔을 뻗어봤지만, 공은 웹 끝자락을 스치고 그대로 뒤로 빠져나가고 말았다.

"뛰어! 뛰어!"

"달려어어어!"

숨죽이고 경기를 지켜보던 양키즈 선수들이 일시에 소리쳤다. 요하니스 페데즈도 이를 악물고 홈으로 몸을 날렸다.

알퍼드 곤잘레스가 재빨리 공을 찾아 홈 플레이트 앞에서 대기 중인 미카엘 깁슨에게 공을 던졌지만, 그보다 요하니스 페데즈의 팔이 더 빨랐다.

"세이프!"

먼지가 채 가시기도 전에 구심이 양팔을 벌렸다.

1 대 0.

팽팽하던 0의 균형이 이렇게 허무하게 깨져 버렸다.

-요하니스 페데즈! 득점입니다! 양키즈가 1 대 0으로 앞서 나갑니다!

-됐어요! 이제 됐습니다! 오늘 경기는 다음 이닝에서 끝이 날 것 같습니다!

양키즈 중계진이 벌떡 일어나 함성을 내질렀다. 제이크 햄튼이 더블플레이로 물러날 때만 해도 선취점은 물 건너갔다고 여겼는데 설마하니 이런 식으로 점수가 나리라고는 생각지도 못한 얼굴들이었다.

반면 마지막까지 남아 경기를 지켜봤던 애스트로스 팬들은 허탈함을 감추지 못했다.

"허……!"

"뭐야? 대체 뭘 하자는 거야?"

"나가자."

"정말…… 이딴 경기를 보겠다고 지금까지 기다리고 있었던 거야?"

스코어는 고작 1 대 0에 불과했지만 적잖은 관중이 자리에서 일어나 경기장을 빠져나가 버렸다.

더스티 애클리가 중견수 플라이로 물러나면서 이닝이 종료됐는데도 이탈 행렬은 끊이지 않았다.

얼굴을 감싼 채 남아 있는 팬들의 표정도 썩 밝지는 않았다.

정말로 애스트로스가 막판 대역전극을 펼쳐 줄 것이라 기대하는 이들은 손에 꼽힐 정도였다. 대부분이 허무하게 내준 선취점의 충격에서 벗어나지 못하고 있었다.

그러는 사이 공수 교대가 끝이 났다. 그리고 마운드의 주인이 한정훈으로 바뀌었다.

–하아, 12회에도 한정훈이 마운드에 오릅니다.

–조지 지라디 감독은 무슨 생각일까요? 올 시즌 라몬 에르난데스를 마무리 투수로 낙점했는데 이래서는 의미가 없어 보입니다.

–11회까지 한정훈의 투구 수는 114개입니다. 충분히 많은 공을 던졌다고 생각이 드는데요.

–선발 투수를 11회까지 끌고 온 것부터가 미친 짓입니다. 한정훈을 지나치게 혹사시키는 느낌이에요.

애스트로스 중계진은 대놓고 불만을 터뜨렸다.

호세 엘투베와 카를로스 코어가 동시에 나오는 이닝이다. 상대 투수가 한정훈만 아니라면 충분히 득점을 기대할 만한 상황이었다.

그런데 또다시 한정훈이 마운드에 올라왔으니 조롱을 당하는 느낌마저 들었다.

그렇게 한참 동안 양키즈를 씹어 대던 애스트로스 중계진은 호세 엘투베가 등장하자 애써 분위기를 바꿨다.

─애스트로스, 아직 끝나지 않았습니다.
─이번 이닝 타순이 좋아요. 지친 한정훈을 끈질기게 물고 늘어진다면 충분히 동점을 만들어낼 수 있습니다.
─선두 타자는 호세 엘투베입니다. 오늘 한정훈에게 3루타를 뽑아냈습니다.

중계 카메라에 비친 호세 엘투베는 결연한 모습이었다.
선두 타자로서 어떻게든 출루에 성공해야 하는 상황이었다. 여기서 자신이 허무하게 물러난다면 오늘 경기는 이대로 끝날 가능성이 컸다.
'나가자. 맞고라도 나가야 해!'
호세 엘투베가 홈 플레이트 쪽으로 바짝 몸을 밀어 넣었다. 그렇게라도 해서 몸 쪽을 봉쇄한 뒤 아웃 코스를 노릴 생각이었다.
하지만 고작 그 정도의 압박으로는 한정훈을 흔들지 못했다.
후아앗!
한정훈의 손끝을 떠난 공이 보란 듯이 호세 엘투베의 몸 쪽을 파고들었다.

호세 엘투베가 스윙을 하는 척 팔꿈치를 밀어 넣었지만 공은 정확하게 몸 쪽 낮은 스트라이크존을 통과해 아담 앤더슨의 미트를 울렸다.

퍼엉!

"스트라이크!"

포구 소리와 구심의 스트라이크 콜이 동시에 울렸다.

"후우……."

타석에서 한발 물러난 호세 엘투베는 고개를 절레절레 흔들어댔다.

한정훈이 강심장이라는 걸 모르지는 않지만 이런 상황에서 이렇게 절묘한 공을 아무렇지도 않게 찔러 넣을 줄은 몰랐다는 반응이었다.

만약 공이 조금만 빠졌더라도 호세 엘투베는 사구를 얻어내 1루를 밟았을 것이다.

그리고 도루와 벤치 작전을 총동원해 카를로스 코어 타석 전까지 3루를 파고들었을 것이다.

1사 3루라면 카를로스 코어의 평범한 외야 플라이만으로도 얼마든지 동점을 만들어낼 수 있었다.

3루 주자를 신경 쓰다가 투수 폭투가 나올지도 몰랐다. 부담감에 나온 실투를 카를로스 코어가 걷어 올려 굿바이 홈런을 때려낼 가능성도 남아 있었다.

하지만 한정훈은 이 모든 부담감을 떨쳐내고 한 치의 오차
도 없는 정교한 포심 패스트볼을 몸 쪽으로 찔러 넣었다. 게
다가 구속도 심상치 않았다.

104mile/h(≒167.3km/h).

지금이 12회 말인지 1회 말인지 헷갈릴 지경이었다.

'침착하자. 이 상황이 부담스러운 건 한정훈이야.'

호세 엘투베는 애써 마음을 다잡았다. 그리고 처음처럼 홈
플레이트에 바짝 다가섰다. 그렇게 하면 한정훈이 쉽게 몸
쪽을 공략하지 못할 것이라고 여겼다.

그러나 지난 1년간 한정훈의 성격을 충분히 파악한 아담
앤더슨은 고민하지도 않고 호세 엘투베의 몸 쪽으로 미트를
밀어 넣었다.

'자, 정훈! 여기야! 네가 던질 수 있는 최고의 공을 던져
넣어!'

사인을 확인한 한정훈이 씩 웃었다.

다른 타자도 아니고 아메리칸리그 최고의 타자 중 한 명으
로 꼽히는 호세 엘투베를 상대로 연달아 몸 쪽 공 승부를 요
구하는 건 대담하다 못해 무모한 짓이었다.

하지만 한정훈은 단단히 고개를 끄덕였다. 그리고 아담 앤더슨의 미트를 향해 전력으로 공을 내던졌다.

후아앗!

한정훈의 손끝을 빠져나간 공이 또 다시 호세 엘투베의 몸쪽으로 붙어 들었다.

호세 엘투베가 뒤늦게 방망이를 내밀어 보려 했지만 공은 그보다 한참 먼저 홈 플레이트를 스쳐 지나 버렸다.

"스트라이크!"

구심은 이번에도 오른팔을 들어 올렸다. 스윙이 아니라고 어필하려던 호세 엘투베도 이내 입을 다물었다.

체크 스윙 여부를 떠나 아담 앤더슨의 미트 자체가 스트라이크존 가장자리에 딱 멈춰 서 있었다.

"안 돼!"

"제발! 호세! 제바아알!"

믿었던 호세 엘투베가 투 스트라이크에 몰리자 관중들은 초조함을 감추지 못했다.

─호세 엘투베, 침착해야 합니다.

─바깥쪽에 집착한 나머지 한정훈에게 역으로 당하고 있습니다. 3루타를 때려냈던 타석 때처럼 조금 더 유연하게 대처해야 합니다.

애스트로스 중계진들도 호세 엘투베를 독려했다. 카를로스 코어가 남아 있긴 하지만 호세 엘투베가 출루하지 못한다면 애스트로스의 대역전극은 망상으로 끝날 가능성이 컸다.

'어떻게든 쳐야 해!'

호세 엘투베도 다시금 이를 악물었다. 그리고 방망이를 단단히 움켜쥔 채 타석에 들어섰다.

'이전처럼 붙진 않았는데…….'

호세 엘투베의 타격 위치를 확인한 아담 앤더슨이 고심에 빠졌다.

앞선 타격 때는 타석 라인을 밟고 홈 플레이트 쪽으로 바짝 붙어 섰던 호세 엘투베가 지금은 한 발 정도 뒤로 물러나 있었다.

볼카운트가 투 스트라이크로 몰려 있는 만큼 어떻게든 대처하겠다는 뜻으로 받아들일 수도 있었다.

하지만 만에 하나 호세 엘투베가 다른 꿍꿍이를 가지고 있는 거라면 더욱 확실한 공을 던질 필요가 있었다.

'또다시 바깥쪽 체인지업을 던질까? 아니야. 호세 엘투베도 그 정도쯤은 대비하고 있을 거야.'

한참을 고심하던 아담 앤더슨이 바깥쪽으로 미트를 움직였다.

구종은 투심 패스트볼.

백도어성으로 바깥쪽을 돌아 들어오는 공이라면 호세 엘투베도 쉽게 방망이를 내밀지 못할 것 같았다.

'나쁘지 않아.'

한정훈도 고개를 끄덕거렸다. 내심 바깥쪽으로 떨어지는 스플리터를 머릿속에 그리고 있었지만 투심 패스트볼도 충분히 효과적일 것 같았다.

"후우……."

천천히 숨을 고르며 한정훈은 글러브 안에서 그립을 바꿨다. 그러자 호세 엘투베가 눈을 빛냈다. 3구는 포심 패스트볼이 아니라 다른 구종이 들어올 것이라고 판단한 것이다.

하지만 호세 엘투베가 머릿속에 그린 건 체인지업이었다. 설마하니 한정훈이 투심 패스트볼을 던질 거라고는 생각하지 않았다.

그래서 호세 엘투베는 일부러 체인지업 타이밍에 맞춰 방망이를 내밀었다.

패스트볼 타이밍으로 끌고 나가다 체인지업을 맞추는 데 급급하니 체인지업을 보란 듯이 때려내 앞선 타석처럼 장타를 만들겠다는 계산이었다.

그러나 정작 한정훈의 손끝을 빠져나온 공은 순식간에 바깥쪽을 돌아 스트라이크존을 파고들었다.

"스트라이크, 아웃!"

공이 아담 앤더슨의 미트를 파고들기가 무섭게 구심이 삼진 콜을 외쳤다.

순간 애스트로스 파크 곳곳에서 야유가 터져 나왔다. 호세 엘투베도 스트라이크는 말도 안 된다며 펄쩍 뛰었다.

"멀었어요! 멀었다고요! 그걸 어떻게 치라는 거예요?"

호세 엘투베가 목에 핏대를 세웠다. BJ 힌치 감독도 더그아웃을 박차고 나와 구심에게 삿대질을 했다.

결국 참다못한 구심이 BJ 힌치 감독과 호세 엘투베에게 퇴장을 명령했다. 덕분에 경기가 재개되기까지 10분이란 시간이 소요됐다.

–오늘 경기는 여러모로 기억에 남을 것 같습니다.

–개인적으로 오늘 경기가 애스트로스 파크에서 열려서 다행이라고 생각합니다.

–한 가지 걱정은 한정훈 선수의 컨디션인데요.

–벌써 마운드에서 10분째 기다리고 있으니까요. 상황이 이렇게 됐으니 조지 지라디 감독이 새로운 투수를 준비시키는 게 나을 것 같습니다.

BJ 힌치 감독과 호세 엘투베가 선수들에 의해 끌려나가자 조지 지라디 감독이 타임을 외치고 마운드로 걸어왔다.

오늘 경기를 한정훈에게 맡기기로 마음먹었지만 10분이라는 공백이 생긴 만큼 한정훈을 쉬게 해줄 생각이었다.

그러나 한정훈은 단호하게 고개를 저었다.

"제가 끝내겠습니다."

"어깨가 식었잖아. 그러다 부상을 당할 수도 있어."

"괜찮습니다. 틈틈이 연습 투구 했으니까요."

"그래도……."

"감독님, 제가 여기서 내려가면 아마 다른 팀들도 애스트로스를 따라 할 겁니다. 그리고 그때마다 이런 일이 되풀이되겠죠."

"후우……."

"제가 끝내겠습니다. 그래서 이기겠습니다."

개인적인 욕심일 수도 있고 팀을 위한 책임감일 수도 있었다. 어느 쪽이든 한정훈은 이대로 마운드에서 내려갈 생각이 없었다.

"오늘 경기, 잘 부탁해."

결국 조지 지라디 감독은 한정훈의 어깨를 두드려 주고 마운드에서 내려왔다. 그사이 대타 케빈 시거가 타석에 들어섰다.

케빈 시거는 BJ 힌치 감독이 기대를 걸고 있는 강타자였다.

아직 수비적인 부분이 보완되지 않아 주전으로 출전하지

는 못하고 있지만, 장기적으로는 카를로스 코어, 빅터 에르난데스와 함께 애스트로스의 중심 타선을 책임질 자원으로 꼽히고 있었다.

케빈 시거도 BJ 힌치 감독의 기대에 부응하기 위해 이를 악물었다. 하지만 한정훈은 빅터 에르난데스를 상대했을 때처럼 포심 패스트볼만 3개를 던져서 케빈 시거를 3구 삼진으로 돌려세웠다.

-한정훈! 케빈 시거를 삼진으로 잡아냅니다!

-벌써 25번째 삼진이죠?

-메이저리그 한 경기 최다 탈삼진 기록을 일찌감치 넘어섰는데요.

-개인적으로는 카를로스 코어까지 삼진으로 잡아내고 최다 탈삼진 기록을 하나 더 늘렸으면 좋겠습니다.

양키즈 중계진은 한정훈이 마지막 타자 카를로스 코어까지 삼진으로 잡아내 주길 바랐다. 그편이 한정훈의 힘으로 경기를 끝낼 수 있는 유일한 방법이었다.

한정훈도 가능하다면 탈삼진 숫자를 하나 더 늘리고 싶었다. 삼진에 욕심을 내기보다 카를로스 코어에게 빼앗긴 행운의 안타를 갚아주기 위해서였다.

하지만 카를로스 코어는 한정훈이 세운 또 다른 대기록의 희생양이 되길 원치 않았다. 그래서 초구와 2구, 볼카운트가 불리해지기 전에 어떻게든 타격을 마치기로 마음먹었다.

그리고 그 조급한 마음이 한정훈의 초구 커브에 반응했다.

카를로스 코어가 패스트볼을 노릴 것이라 여기고 스트라이크를 잡기 위해 대놓고 던진 커브를 카를로스 코어는 타격 자세까지 무너져 가며 힘껏 잡아당겼다.

따악!

제법 요란한 소리와 함께 타구가 외야까지 뻗어 나갔다. 동시에 애스트로스 관중들이 몸을 일으켰다. 이대로 타구가 담장을 넘어가서 극적인 동점 상황이 만들어질지도 모른다고 기대했다.

하지만 높게 치솟았던 타구는 중견수 브라이언 리의 글러브 속으로 빨려 들어갔다.

최종 스코어 1 대 0.

연장 12회까지 가는 접전 끝에 양키즈가 애스트로스를 누르고 한 점 차 신승을 거두었다.

심판의 경기 종료 콜이 울리기가 무섭게 양키즈 선수들은 한정훈에게 달려들었다.

그리고 애스트로스 팬들 앞에서 한정훈을 높이 헹가래
쳤다.

경기 후 BJ 힌치 감독은 실로 무례한 헹가래였다며 양키즈
선수단을 맹비난했다.

하지만 뉴욕 언론을 비롯한 주요 언론들은 양키즈의 헹가
래를 비중 있게 다루며 슈퍼 에이스 한정훈과 양키즈 선수들
이 BJ 힌치 감독의 애스트로스를 제대로 엿 먹였다며 고소함
을 감추지 못했다.

"고생 많았다. 참, 호텔에 모모코 기다리고 있을 거야. 피
곤하면 내 방으로 보내도 상관없어."

인터뷰를 끝마치고 나오는 한정훈에게 하리모토 쇼타가
다가와 말했다.

양가 부모의 허락을 받은 터라 모모코가 원정 경기에 따
라오는 건 특별히 이상할 게 없었지만, 오늘 무리한 한정훈
이 푹 쉬고 싶다면 하루쯤은 모모코를 떠안을 각오가 되어
있었다.

하지만 한정훈은 고개를 흔들었다.

"모모코는 내가 돌봐야지."

"그 녀석, 귀찮게 굴 텐데?"

"그건 내가 알아서 할게. 게다가 너도 내일 선발이잖아."

내일 경기의 선발은 다름 아닌 하리모토 쇼타였다. 상대가

애스트로스의 에이스 댈런 카이클인 만큼 누구보다 확실한 휴식이 필요한 상태였다.

"고맙다. 사실 네가 정말로 모모코를 보낼까 봐 속으로 엄청 걱정했거든."

하리모토 쇼타가 안도하듯 가슴을 쓸어내렸다. 그러면서도 한정훈에게 쓸데없이 체력 낭비하지 말고 푹 쉬라는 말을 덧붙였다.

"야, 그럴 힘도 없어."

한정훈은 김상엽 팀장의 차를 타고 서둘러 호텔로 향했다. 방 안에서는 모모코가 뜨뜻한 목욕물을 받아놓고 기다리고 있었다.

"오빠, 오늘 정말 고생 많았어요. 이리 오세요. 제가 씻겨 드릴게요."

생각지도 못한 이벤트에 살짝 당황하면서도 한정훈은 모모코가 시키는 대로 따랐다. 괜히 거절했다가 모모코에게 상처가 될까 봐 걱정한 것이다.

덕분에 모모코도 한정훈을 위해 준비한 모든 이벤트를 완수해 내겠다는 용기를 얻을 수 있었다.

"이쪽으로 누워요, 오빠."

"여, 여기로?"

"네, 제가 마사지해 줄게요."

모모코는 구단 측에 미리 준비한 안마 배드 위로 한정훈을 이끌었다. 그리고 정성을 다해 뭉친 한정훈의 근육을 풀어주었다.

경기가 끝나고 구단 관리사로부터 마사지를 받은 덕분에 근육이 대부분 풀리긴 했지만, 한정훈은 모모코의 앙증맞은 손길에 몸을 맡겼다.

물론 지압은 구단의 남성 관리사만 못했지만, 모모코의 마사지는 몸과 마음을 편안하게 만들어주었다.

"졸리면 한숨 주무세요."

모모코가 수줍은 목소리로 말했다. 마사지를 받다 보면 긴장감이 풀려 잠이 쏟아질 수도 있으니 참지 않아도 된다는 이야기였다.

하지만 정작 한정훈이 참는 건 따로 있었다. 자신을 위해 땀을 뻘뻘 흘리는 모모코를 보고 있자니 자신도 모르게 애정이 샘솟은 것이다.

"모모코."

한정훈이 조심스럽게 모모코의 팔을 잡아당겼다. 그러자 모모코가 얼굴을 붉히며 말했다.

"아, 아직 마사지가 안 끝났는데요."

"괜찮아. 나중에 해주면 되잖아."

"그, 그럼 씻게 해주세요. 땀을 너무 많이 흘렸어요."

"괜찮아. 나도 땀을 흘렸는데 뭘."

한정훈은 모모코를 덥석 끌어안고 침대로 향했다. 모모코가 몸을 닦아야 한다며 잠시 앙탈을 부렸지만, 한정훈은 못 들은 척 그녀를 침대 위에 조심스럽게 내려놓았다.

"모모코, 너무 예뻐."

"아니에요. 아직 많이 뚱뚱해요."

"누가 그래? 딱 보기 좋아. 그러니까 쓸데없이 다이어트다 뭐다 그런 거 하지 마. 알았지?"

한정훈이 모모코의 통통한 볼을 쓰다듬으며 말했다. 아직 젖살이 다 빠지지 않았지만, 한정훈의 눈에는 그 어떤 연예인보다도 귀엽고 사랑스럽게 보였다.

"오빠……."

모모코도 더는 불안해하지 않았다. 한정훈의 눈빛 속에서 진심을 확인하고는 한정훈에게 모든 걸 맡겼다.

그렇게 메이저리그 역사에 길이 남을 승리를 자축하며 한정훈과 모모코는 달콤한 밤을 보냈다.

120장
선두 다툼(1)

한정훈이 모모코와 단잠에 빠진 사이. 주요 언론들은 한정훈에 대한 극찬을 쏟아내느라 정신이 없었다.

[한정훈 25K! 메이저리그 신기록 갱신!]
[닥터 K 한정훈! 개막전부터 탈삼진 랭킹 1위 질주!]
[한정훈 12이닝 무실점 호투! 사이영상 피칭 선보여!]
[랜디 제이슨, 한정훈이야말로 진정한 에이스 극찬!]

같은 날 14경기가 동시에 열렸지만 업데이트되는 기사글은 대부분 양키즈와 애스트로스의 개막전 이야기뿐이었다.

오죽했으면 기사글에 다른 경기들은 전부 취소됐느냐는

불만 댓글이 달릴 정도였다.

심지어 라이벌인 보스턴 언론에서조차 홀로 팀의 승리를 이끈 한정훈에 대한 부러움과 경의를 동시에 표했다.

[양키즈 한정훈. 애스트로스의 투수 군단을 홀로 이겨내다!]
[에이스의 존재 이유를 증명한 한정훈, 눈부신 피칭!]

평소 한정훈의 경기력을 평가 절하해 왔던 보스턴 언론조차 이번 경기만큼은 도저히 깔 수가 없었던 것이다.

전문가들도 1승 그 이상의 의미가 있는 승리였다며 한정훈을 치켜세웠다.

"오늘 경기에서 양키즈와 한정훈을 쓰러뜨리기 위해 BJ 힌치 감독은 말 그대로 모든 걸 쏟아부었습니다. 총력전이었죠. 그런데 결과를 보세요. 한정훈 혼자 애스트로스를 박살 내버렸습니다."

"12회 말 잠시 경기가 중단되고 조지 지라디 감독이 마운드에 올랐을 때 저는 한정훈에게 박수를 보내고 있었습니다. 아웃 카운트가 두 개 남았지만 이대로 경기가 끝난다면 그 영광은 오로지 한정훈에게 돌아가야 한다고 생각했죠. 그런데 한정훈은 계속해서 마운드에 남았습니다. 그리고 깔끔하게 두 명의 타자를 잡아냈습니다."

"작년 와일드카드 결정전 때 한정훈은 애스트로스를 상대로 적잖게 고전했습니다. 승리 투수는 됐지만 인간다운 모습도 보여줬습니다. 마치 집요하게 물고 늘어지다 보면 한정훈도 지칠 것이라는 기대감이 생겼죠. 오늘 BJ 힌치 감독이 보여준 파격적인 투수 운용은 와일드카드 결정전의 업그레이드 버전이었다고 생각합니다. 와일드카드 결정전에서 결국 한정훈을 강판시키지 못했으니 모든 투수를 총동원해 경기를 연장으로 끌고 가려는 속셈이었던 게 분명했습니다."

"만약 오늘 경기에서 BJ 힌치 감독이 승리를 거두었다면 한정훈의 상승세는 다소 꺾였을지 모릅니다. 한두 경기 패배했다고 해서 한정훈의 가치가 퇴색되지는 않겠지만 적어도 한정훈에 대한 부담감은 줄어들었을 겁니다. 하지만 BJ 힌치 감독의 계략을 끝내 이겨내면서 한정훈은 더 무시무시한 투수가 되고 말았습니다."

"앞으로 두 팀의 경기를 지켜봐야겠지만 오늘 경기의 결과가 양 팀의 포스트시즌 진출 향방을 결정했다고 해도 과언이 아니라고 생각합니다."

"제 생각도 같습니다. 고작 한 경기일지 모르지만, 그 가치는 고작 1승이 아니었습니다. 이번 1승이 어떤 결과로 이어질지 정말 궁금해집니다."

대부분의 전문가는 한정훈이 시리즈의 향방, 나아가 포스트시즌 진출 팀까지 결정지었다고 단언했다.

그리고 그 예상대로 애스트로스는 2차전과 3차전을 내리 내주며 3연패의 늪에 빠져들었다.

반면 양키즈는 연승 행진을 이어갔다. 애스트로스-블루제이스로 이어지는 원정 6연전을 쓸어 담으며 아메리칸리그 동부 지구 성적표 가장 꼭대기에 이름을 올렸다.

원정 6연전 이후 펼쳐진 홈 9연전에서도 양키즈는 좋은 경기력을 유지했다.

비록 8연승 달성에는 실패했지만 올 시즌 대대적으로 전력을 보강한 지구 라이벌 팀 오리올스를 상대로 2승 1패를 거두었고 영원한 맞수 레드삭스와 2승 2패, 균형을 맞췄다.

이어지는 컵스와의 인터 리그에서도 양키즈는 부진한 5선발 그렉 나이트를 대신해 한정훈의 등판 일정을 앞당기며 2승을 쓸어 담았다.

올 시즌 내셔널리그 랭킹 2위에 오른 컵스가 거세게 저항했지만, 투수 왕국으로 거듭난 양키즈의 마운드를 넘지 못했다.

원정 6연전 6연승. 홈 9연전 6승 3패.

2위 레드삭스와의 격차가 3경기까지 벌어지자 전문가들은 양키즈의 선두 독주가 시작됐다며 흥분을 감추지 못했다.

더욱이 다음 시리즈는 레이즈와의 원정 4연전. 양키즈의 분위기와 전력이라면 레이즈를 상대로 4연승도 충분히 가능해 보였다.

그런데 경기 결과는 모두의 예상을 빗나가 버렸다.

2승 2패.

1패도 아깝다던 레이즈에게 무려 2번이나 발목을 잡히고 만 것이다.

승리를 챙긴 건 2선발 하리모토 쇼타와 4선발 테너 제이슨이 나선 1, 3차전뿐이었다.

2차전에서는 다 잡은 승리를 불펜진의 방화로 놓쳤고 4차전은 그렉 나이트가 경기 초반에 6실점 하면서 경기를 말아먹었다.

템파베이 원정의 여파는 보스턴 원정으로까지 이어졌다.

1승 2패.

한정훈이 등판한 경기를 제외하고 나머지 경기를 레드삭스에게 내주고 말았다.

다시 뉴욕으로 돌아와 에인젤스에게 2승 1패를 하며 4월을 마쳤지만 3경기 차이로 벌어졌던 레드삭스와의 경기 차이는 1경기 차이까지 좁혀진 상태였다.

4월 성적 17승 8패.

조지 지라디 감독으로서는 결코 웃을 수 없는 결과였다.

양키즈가 주춤하자 그 비난의 화살들이 선수들에게 쏟아졌다.

특히나 5선발 그렉 나이트는 뉴욕 언론의 무서움을 제대로 경험했다. 오죽했으면 전문가에게 심리 치료를 받을 정도였다.

일부 기자는 한정훈에 대해서도 불만을 늘어놓았다. 4월 6경기에서 전승을 거두긴 했지만, 작년에 비해 이닝 소화 능력이 줄어들었다는 것이다.

애스트로스전을 제외하고 한정훈이 홀로 경기를 끝마친 경기는 없었다.

작년 5경기에서 3경기 완투를 했던 것과 비교하자면 확실히 몸을 사리는 느낌을 피하기 어려웠다.

하지만 이 같은 지적에 대해 조지 지라디 감독은 말도 안되는 소리라며 언성을 높였다.

"한정훈은 양키즈의 에이스로서 최선을 다하고 있습니다.

양키즈뿐만 아니라 메이저리그 모든 투수 중 가장 많은 이닝을 소화했고 가장 낮은 평균 자책점을 기록하고 있습니다. 이제 양키즈는 고작 25경기를 치렀습니다. 아직 130경기 이상이 남아 있습니다. 한정훈은 양키즈의 에이스로서 더 많은 경기에 등판할 겁니다. 그런 한정훈의 체력을 관리하고 휴식을 보장하는 게 바로 감독인 내 역할입니다. 그러니 한정훈을 비난하려거든 차라리 날 비난하십시오."

조지 지라디 감독은 한정훈이 극성맞은 뉴욕 언론 때문에 양키즈를 떠나기라도 할까 봐 전전긍긍했다.

그러면서도 경기력에 대한 걱정은 눈곱만큼도 하지 않았다. 홀로 12이닝을 책임지며 팀을 승리로 이끈 한정훈이 고작 기자들의 입방아에 흔들리지는 않을 것이라고 확신했다.

그런 조지 지라디 감독의 믿음을 증명하기라도 하듯 한정훈은 레이스와의 홈 2차전에 선발 등판해 퍼펙트게임을 달성하는 기염을 토해냈다.

9이닝 무피안타 무사사구 무실점. 탈삼진 16개.

메이저리그 데뷔 이후 3번째 퍼펙트게임이었다.

"아담 앤더슨의 리드가 좋았습니다. 경기 초반 점수를 뽑아내 줘서 어깨를 가볍게 해준 타자들이 아니었다면 퍼펙트

게임을 달성하지 못했을 겁니다."

한정훈은 언제나처럼 동료들에게 승리의 영광을 돌렸다. 그런데 인터뷰 말미에 잠깐 머뭇거리더니 특별한 말을 덧붙였다.

"마지막으로 늘 옆에서 힘이 되어주는 그녀에게 이 영광을 돌리겠습니다."

한정훈의 한마디에 메이저리그가 들썩거렸다. 한정훈이 말하는 그녀가 누구인지 아무런 정보가 없었기 때문이다.

때마침 한국에서 한정훈의 그녀라는 타이틀로 열애설이 터져 나왔다.

주인공은 다름 아닌 김초롱 아나운서. 한정훈과 따로 식사하던 사진이 언론에 유출된 것이다.

김초롱 아나운서 측은 사실관계 확인 중이라는 말로 공을 한정훈 쪽에 넘겼다.

열애설이 어떻게 이어지든 연예계 진출을 눈앞에 두고 있는 김초롱 아나운서에게 손해가 되지는 않을 것이라고 판단했다.

하지만 한정훈의 에이전시인 베이스 볼 61에서 워낙 강하게 반발하면서 한정훈의 유명세를 이용해 보겠다는 계획에 차질이 빚어졌다.

"한정훈 선수와 김초롱 아나운서는 서재훈 선수의 소개로 만나 두 차례 식사를 한 게 전부이며 그 이후로 별도의 만남이 없는 상태입니다. 몇몇 언론사에서 확인되지 않은 사실로 연애설을 조장하고 있는데 이는 한정훈 선수나 한정훈 선수와 만나는 여성분, 또한 한정훈 선수를 사랑하는 모든 국민을 농락하는 행위입니다. 따라서 한정훈 선수의 에이전트로서 허위 사실 유포에 대해 강경히 대처할 방침입니다."

상황이 이렇게 되자 몇몇 눈썰미 좋은 네티즌은 일부 기자들이 증거랍시고 내민 사진들의 출처를 의심하기 시작했다.

ㄴ사진 각도 좀 이상한데? 이거 파파라치 샷 맞냐?

ㄴ거리가 너무 가깝지 않나? 마치 근처에 지인이 찍어준 거 같은 기분인데?

ㄴ혹시 이거 김초롱이 찍어놓고 자기가 퍼뜨린 거 아냐?

ㄴㅇㅂㅇ 그럴 가능성도 충분한 듯. 요새 하는 꼬라지 보니까 뜨고 싶어 안달 났더라.

ㄴ나 아는 사람이 야구 선수인데 김초롱 아나 장난 아니라는데? 핸드폰에 젊은 선수 연락처만 수백 개라더라.

결국 사진의 출처가 김초롱 아나운서의 매니저인 것으로 밝혀지면서 김초롱 아나운서와 소속사는 역풍을 맞았다. 한정훈의 유명세를 이용해 떠보겠다는 뻔한 수작을 대중들이

용서하지 않은 것이다.

생각과는 전혀 다른 전개에 김초롱 아나운서의 소속사 대표 고우식이 다급히 박찬영 대표를 찾아왔다. 그리고 말도 안 되는 말을 늘어놓았다.

"잘 만났다가 헤어진 것으로 해주십시오. 아예 만나지 않은 것도 아니고 그 정도는 할 수 있지 않습니까?"

고우식은 쥐도 궁지에 몰리면 고양이를 문다며 박찬영 대표를 압박했다.

김초롱 아나운서를 예뻐하는 분이 많다며 이런 식으로 나와 봐야 한정훈에게도 아무런 도움이 되지 않을 것이라며 목소리를 높였다.

하지만 김상엽 팀장에게 일찌감치 사전 보고를 받은 박찬영 대표는 눈 하나 까딱하지 않았다.

"어디 마음대로 해보십시오. 우리라고 가만있지는 않을 테니까."

박찬영 대표와의 협상이 결렬되자 고우식은 차선책을 선택했다. 한정훈에게 개별적으로 연락을 취하면서 미국의 언론사 쪽에 선을 이으려 한 것이다.

그러나 두 가지 차선책 모두 수포로 돌아갔다. 한정훈은 핸드폰 번호를 바꾼 지 오래였고 한정훈과 친분이 두터운 선수 중 누구도 고우식을 도우려 하지 않았다.

기대를 가졌던 미국 언론사 쪽 반응도 냉담했다.

"그게 뭐 어때서요? 한정훈은 메이저리그 최고 스타입니다. 그리고 그 실력을 경기를 통해 입증하고 있죠. 그런 한정훈이 여자 한 명 없었다면 누가 믿어주기나 할까요? 한정훈의 가치는 고작 그 정도 열애설로 흔들리지 않습니다. 지금 대중의 관심사는 누가 운 좋게 한정훈의 옆자리를 차지했느냐는 겁니다. 한정훈의 전 여친이 누구였는지 따위는 안중에도 없다고요."

결국 고우식은 마지막 카드를 꺼내 들었다. 한정훈과 김초롱 아나운서가 호텔에 들어갔다는 영수증을 만들어 언론에 몰래 흘린 것이다.

자폭에 가까운 결정이었지만 어쩔 수 없었다. 언론의 뭇매와 대중의 매도로 김초롱 아나운서의 이미지가 땅에 떨어진 상황에서 반전의 기회조차 마련하지 못한다면 김초롱 아나운서는 물론이고 소속사까지 함께 망할 판이었다.

다행히 고우식의 마지막 카드는 통했다.

[한정훈-김초롱 아나운서 호텔 숙박 영수증 단독 입수!]
[한정훈! 김초롱과 식사 두 번 했을 뿐이다? 호텔 영수증 발견!]

언론들은 앞다투어 한정훈과 김초롱 아나운서가 깊은 사

이였다는 추측성 기사를 쏟아냈다. 그 점에 대해 베이스 볼 61측은 이렇다 할 대응조차 하지 않았다.

그러자 여론도 달라졌다.

ㄴ뭐야? 정말 한정훈 뭔가 있는 거야?

ㄴ이건 좀 실망인데? 한정훈도 남자니까 여자를 만날 수 있다고는 하지만 옛 연인한테 고소하니 뭐니 난리 치는 건 아니잖아.

ㄴ아직 몰라. 한정훈은 아무 말도 안 했잖아.

ㄴ야, 딱 보면 모르겠냐? 아무 말도 안 하는 게 아니라 못 하는 거겠지. 할 수 있으면 진즉 했을 거다.

어디서부터 시작됐는지 모르겠지만 갑작스럽게 한정훈이 김초롱 아나운서를 가지고 놀다 버렸다는 말들이 나돌았다.

며칠이 지나자 한정훈이 재벌가 2세인 지금의 여자 친구를 만나면서 김초롱 아나운서를 차 버린 것이라는 구체적인 비하인드 스토리까지 등장했다.

자연스럽게 김초롱 아나운서는 한정훈을 팔아 인지도를 쌓으려는 파렴치한에서 비운의 여주인공으로 격상됐다.

김초롱 아나운서도 한 언론과의 인터뷰를 통해 속상하고 억울한 심정을 눈물로 전했다.

그렇게 한정훈에 대한 비난의 목소리가 막 치솟을 무렵.

[[단독] 김초롱 아나운서가 호텔에서 만난 남자는 누구?]
[[특종] 현지 호텔 지배인 인터뷰. 한정훈은 우리 호텔에 오지 않았다!]

생각지도 못했던 기사들이 터져 나왔다.

기사를 접한 대중은 분노를 감추지 못했다.

"뭐야? 그러니까 김초롱이 딴 놈하고 놀아나 놓고 한정훈한테 뒤집어씌운 거야?"

"진짜 장난 아니다. 눈물 콧물 짜낼 때 뭔가 미심쩍다 싶었는데 이 정도면 사이코패스 아니냐?"

"호텔 지배인 인터뷰 봤냐? 누군지 말해줄 수는 없지만, 한정훈은 아니란다."

"야, 그 기사 말미 봐봐. 김초롱이랑 같이 들어간 남자 사진 내미니까 호텔 지배인이 단번에 알아봤단다. 그럼 답 나온 거 아니냐?"

베이스 볼 61은 김초롱 아나운서 측에서 감히 반박할 수 없는 확실한 증거를 가지고 여론을 조성했다.

김초롱 아나운서가 말도 안 되는 핑계를 늘어놓을 것에 대비해 후속 보도 준비까지 완벽하게 끝마쳤다.

그런데 정작 김초롱 아나운서는 엉뚱한 곳에서 무너져 내렸다.

"그러니까 이년이 나 말고도 다른 놈들하고 놀아났다 이 거지?"

언론에 알려지지 않은 비하인드 스토리가 퍼지면서 김초롱 아나운서의 연예계 데뷔는 무산됐다. 어떻게든 빨리 뜨기 위해 적잖은 스폰서를 뒀던 게 김초롱 아나운서의 발목을 잡은 것이다.

스폰서들이 이번 일에서 전부 발을 빼면서 고우식과 김초롱 아나운서는 그대로 길바닥에 나앉게 됐다.

김초롱 아나운서가 뒤늦게 이 모든 게 고우식이 벌인 일이라고 주장했지만, 그녀의 말에 귀를 기울여주는 이들은 아무도 없었다.

그렇게 한국을 떠들썩하게 만들었던 한정훈 스캔들은 한 달여 만에 끝이 났다. 자연스럽게 대중들의 관심은 아직 알려지지 않은 한정훈의 그녀에게 집중됐다.

ㄴ진짜 재벌 2세 아냐?

ㄴ야, 한정훈이 뭐가 아쉬워서 재벌 2세랑 결혼하냐?

ㄴ내 말이. 한정훈이 5년간 받는 순수 연봉만 3천억이 넘는다. 그런데 고작 돈 보고 여자 만나겠냐?

ㄴ그럼 연예계 쪽 아냐? 한정훈 좋다는 여자 연예인 엄청 나잖아?

ㄴ한정훈 작년에도 방송 출연 안 했잖아. 연예계하고 담을 쌓은 모양인데 연예인 만나겠냐?

ㄴ누구든 좋으니까 진짜 내조 잘하는 여자였으면 좋겠다.

ㄴ내 말이. 난 한정훈이 메이저리그에서 300승 달성하는 거 보고 싶다고!

국내뿐만 아니라 미국에서도 한정훈의 그녀에 대한 관심이 높았다. 하지만 한정훈은 애써 말을 아꼈다. 스캔들이 터진 지 얼마 되지 않은 상황에서 모모코를 밝히기가 미안해진 것이다.

"조금만 기다려 줘."

"저는 괜찮아요. 정말이에요. 저는 오빠 옆에 이렇게 있는 것만으로도 충분히 행복해요."

"너무 오래 기다리게는 하지 않을게. 내년부터는 우리 당당하게 다니자."

한정훈은 모모코를 알리는 걸 시즌 이후로 미뤘다. 다행히 모모코는 물론이고 모모코의 부모님도 한정훈의 결정을 존중해 주었다.

순식간에 한 달이 지났지만 양키즈의 이름은 여전히 아메리칸리그 동부 지구 1위를 달리고 있었다.

34승 19패. 승률 0.641.

놀랍게도 아메리칸리그뿐만 아니라 메이저리그 전체 승률
1위를 질주하는 중이었다.

하지만 5월 한 달간 한정훈의 성적은 기대만큼 못했다.

레이스전에서 퍼펙트게임을 달성하고 4월의 아메리칸리
그 MVP에 올랐을 때만 해도 압도적인 시즌이 될 것이라는
전망이 우세했는데 이후 4경기에서 매 경기 실점을 기록한
것이다.

물론 그렇다고 해서 경기 내용이 형편없었던 것은 아니
었다.

브루어스 원정 경기 7이닝 2피안타 2실점 1자책점 승리.

매츠 원정 경기 7이닝 1피안타 1실점.

컵스 원정 경기 7이닝 2피안타 1실점 무자책 승리.

화이트 삭스 경기 9이닝 4피안타 1실점 승리.

한정훈은 브루어스-매츠-컵스로 이어지는 내셔널리그
원정 경기에 연달아 등판해 평균 자책점 0.85를 기록했다.

지난 시즌 내셔널리그 원정 경기 평균 자책점이 1.96이었던 걸 감안하면 절반 이하로 낮춘 셈이었다.

전문가들도 한정훈이 내셔널리그 원정에 잘 적응해 주고 있다고 호평했다.

"원정 세 경기에서 4실점 하긴 했습니다만 자책점은 2점밖에 되지 않습니다."

"조지 지라디 감독이 너무 실험적인 선수 운용을 했어요."

"제 생각도 같습니다. 점수를 내줄 타자들을 최대한 타순에 포진시키고 싶은 조지 지라디 감독의 마음을 모르지는 않지만, 제이크 햄튼의 3루 기용과 요하니스 페데즈의 외야 기용은 수비적인 부담이 너무 컸습니다."

"결과적으로 두 선수가 내셔널리그 원정 7경기에서 저지른 실책만 11개니까요. 아마 내년 시즌에는 이 같은 선수 기용은 없을 것 같습니다."

수비 도움을 받지 못하면서 평균 자책점이 소폭 상승했지만, 한정훈은 메이저리그 투수들 중 가장 먼저 10승을 챙기며 투수 부문 모든 기록에서 선두를 내달렸다.

그리고 그 여세를 몰아 6월에 선발 등판한 3경기에서 전부 승리를 챙기며 사이영상 2연패를 정조준 했다.

하지만 블루제이스와의 홈경기를 앞두고 모모코가 몸살에 걸리면서 한정훈의 상승세가 다시 한 번 꺾였다.

홈 원정 구분 없이 한정훈을 따라다녔던 모모코의 체력에 한계가 찾아온 것이다.

"미안해요, 오빠."

모모코를 병간호하느라 한정훈은 제대로 쉬지도 못하고 마운드에 올랐다. 당연히 구위도 떨어지고 집중력도 흔들렸다.

그 와중에도 7회까지 안타 하나만 내주고 블루세이스 타선을 꽁꽁 틀어막았지만 8회 초 야수 실책으로 주자가 출루하고 다음 타자의 번트를 처리하는 과정에서 발을 헛디디며 넘어지면서 무사 1, 2루의 위기를 자초했다.

"정훈, 오늘은 여기까지만 던지는 게 좋겠어."

한정훈이 힘에 부친다고 판단한 조지 지라디 감독은 곧바로 불펜을 투입했다. 3번 타순으로 이어지는 만큼 지친 한정훈보다는 불펜을 내세우는 게 낫다고 판단한 것이다.

그러나 구원 등판 한 로이 스튜어트가 역전 쓰리런 홈런을 허용하면서 경기는 3 대 1로 뒤집혔다. 양키즈 타자들이 9회 말 한 점을 따라붙었지만 거기까지였다.

최종 스코어 3 대 2.

패전 투수는 한정훈이었다.

한정훈의 홈 무패 기록이 깨지면서 적잖은 언론이 우려를 표했다. 블루제이스전에서 보여준 한정훈의 구위 하락이 일시적인 게 아닐 경우 양키즈의 지구 우승에 큰 차질이 빚어질 거라 예상했다.

하지만 한정훈은 오리올스와의 홈경기에서 9이닝 무피안타 무실점 1사사구 노히트 노런을 달성하며 건재함을 과시했다.

레드삭스와의 홈경기에서 8이닝 1실점 호투를 펼친 한정훈은 트윈스 원정 경기에 선발 등판해 올 시즌 2번째 퍼펙트 게임을 달성했다.

트윈스의 4번 타자로 자리매김한 박병훈과의 코리안 메이저리거 맞대결이 관심을 끌었지만, 결과적으로는 한정훈의 완승으로 끝이 났다.

"정훈아, 지금처럼만 해. 알았지?"

한정훈에게 삼진 2개를 당했지만, 박병훈은 경기가 끝나고 가장 먼저 한정훈을 찾아와 축하 인사를 건넸다.

한정훈 덕분에 한국인 메이저리거의 위상이 높아졌다며 진심으로 고마워했다.

박병훈뿐만 아니라 한국인 메이저리거들은 앞다투어 한정훈에게 축하 인사를 보냈다.

그중에는 작년 겨울 한정훈에게 모임 참석을 강요했던 마이너리거도 다수 포함되어 있었다.

한정훈만큼이나 아담 앤더슨도 많은 축하를 받았다. 퍼펙트게임을 달성할 경우 투수가 포수에게 고가의 명품 시계를 선물해 주는 전통이 있다 보니 다들 아담 앤더슨을 부러워했다.

그러나 정작 아담 앤더슨은 그런 전통이 부담스럽기만 했다.

"정훈, 정말 괜찮아. 진심이야. 그러니까 이번에는 그냥 넘어가도 돼."

다음 날 라커룸에서 만난 한정훈이 뭔가를 내밀려 하자 아담 앤더슨이 손사래를 쳤다.

한정훈이 노히트노런까지 챙겨주면서 지금까지 받은 시계만 5개였다. 하나같이 기천만 원이 넘어가는 고가의 시계들이었다.

그런데 노히트노런을 달성한 지 두 경기 만에 또다시 고가의 시계를 선물 받는 건 양심에 찔렸다.

하지만 한정훈은 메이저리그의 좋은 전통을 무시할 마음이 없었다.

"네 덕분이야, 아담."

"아니야. 네가 잘 던진 거잖아. 난 정말 한 게 없어."

"그렇게 생각하지 마. 난 가능하면 네가 오랫동안 내 공을 받아줬으면 해."

한정훈은 아담 앤더슨에게 기꺼운 마음으로 여섯 번째 시계를 선물했다. 그리고 퍼펙트게임을 만들어준 동료들에게도 근사한 저녁을 대접했다.

"정훈! 부탁이야. 제발 양키즈에 오랫동안 남아줘!"

"난 너와 함께 뛸 수 있다면 연봉이 적어도 좋아. 진심이야."

양키즈 선수들은 식사 내내 한정훈과 오랫동안 한 팀에서 뛰고 싶다는 뜻을 전했다.

서로 나라도 다르고 피부색도, 생김새도 다른 선수들이었지만 한정훈 앞에서는 순수한 추종자가 되어버렸다.

"나도 너희들과 이 팀에서 오랫동안 함께 뛰고 싶어. 그러니까 양키즈를 사랑하는 팬들을 위해 최선을 다하자! 지금처럼만 해 나간다면 올 시즌, 월드 시리즈도 문제없어!"

한정훈은 앞장서서 선수들을 독려했다. 지난해 포스트시즌 진출에 만족하던 선수들의 목표를 끌어올렸다.

그 소식을 전해 들은 브라이언 캐시 단장은 웃음을 감추지 못했다.

"역시 한정훈이야. 내가 이래서 한정훈을 좋아한다고!"

리빌딩이 성공했다는 평가를 받고 있지만 양키즈는 아직까지 약점이 많은 팀이었다.

그중 하나가 클럽하우스에 확실한 리더가 없다는 점이었

다. 강한 리더십으로 선수들을 이끌어줄 선수가 필요한데 딱히 중임을 맡길 만한 적임자가 없었다.

물론 몇몇 언론에서는 한정훈이 바로 그 적임자라고 말했다. 한정훈이 메이저리그 2년 차이긴 하지만 실력과 인성을 모두 갖춘 만큼 선수들에게 좋은 리더가 될 것이라고 단언했다.

브라이언 캐시 단장도 언론들의 주장에는 상당 부분 공감했다. 다만 에이스로서 최선을 다해주고 있는 한정훈에게 리더로서의 부담감까지 안겨주고 싶지는 않았다.

그리고 투수보다는 타자 중 누군가가 클럽하우스의 리더가 되는 편이 낫다고 판단했다.

하지만 정작 브라이언 캐시 단장이 낙점한 그린 버드는 리더가 되어 달라는 제안을 정중하게 거절했다.

성격이 좋아 선수들과 잘 어울리는 제이크 햄튼도 마찬가지. 자신은 반쪽짜리 선수라며 리더가 될 자격이 없다고 고개를 흔들어댔다.

그 외 몇몇 선수를 만나봤지만 돌아오는 대답은 한결같았다.

"나는 자격이 없습니다."

결국 브라이언 캐시 단장은 리더를 만드는 걸 포기했다. 대신 누군가가 자연스럽게 리더가 되어주길 기다렸다.

그런데 한정훈이 시기적절하게 나서서 선수들을 하나로 모아줬다고 한다. 선수들과 오랫동안 양키즈에서 뛰고 싶다는 마음을 전하며 힘을 모아 월드 시리즈 우승을 노려보자고 독려했다고 한다.

"이렇게 된 이상 절대 한정훈을 빼앗길 수 없어."

브라이언 캐시 단장은 자리에서 일어났다. 그리고 하인 스타인브리너 구단주를 찾아갔다.

"지금 한정훈 선수를 붙잡아 달라고 했나요?"

하인 스타인브리너 구단주가 미간을 찌푸렸다. 바쁜 사람 찾아와서 한다는 말이 계약한 지 2년밖에 안 된 선수를 잡아 달라니. 브라이언 캐시 단장이 계약 기간을 착각하고 있는 건 아닌가 의심스러웠다.

하지만 브라이언 캐시 단장이 다른 선수도 아닌 한정훈의 계약 내용을 잘못 알고 있을 리 없었다.

"그렇습니다. 보고를 받았으니 아시겠지만, 한정훈의 실력은 나무랄 데가 없습니다."

"그건 나도 잘 알고 있어요. 이사회도 만족스럽다는 반응이고요. 하지만 한정훈 선수와의 계약 기간은 3년이나 남았잖아요?"

"정확하게는 2년입니다. 마지막 1년은 옵트 아웃 조항이 있습니다."

브라이언 캐시 단장이 조심스럽게 말했다.

1년의 옵트 아웃 조항.

그건 브라이언 캐시 단장이 우겨서 집어넣은 조건 중 하나였다.

"그래서요? 지금 당장 계약을 엎고 새로운 계약이라도 추진하자는 소리인가요?"

"제가 원하는 건 2년 뒤를 일찍 준비하고 싶다는 겁니다. 그때 닥쳐서 한정훈 선수와 재계약 협상을 하기보다 지금부터 천천히 이야기를 주고받으면서 2년 후에 다시 계약서에 도장을 찍기를 바랍니다."

"한정훈 선수와 재계약을 원하는 건 나도 마찬가지예요. 하지만 우리는 이미 한정훈 선수에게 최고의 대우를 해주고 있어요. 여기서 뭘 얼마나 더 해야 한다는 거죠?"

하인 스타인브리너 구단주의 목소리가 조금 날카로워졌다.

양키즈라는 거대한 야구단을 소유할 만큼 충분한 재력을 갖추고 있다고 하지만 단 한 명의 선수에게 또다시 천문학적인 금액을 쏟아붓는다는 건 여러모로 부담스럽기만 했다.

"물론 구단에서 한정훈 선수를 각별히 신경 쓰고 있다는 거 인정합니다. 그러나 그건 당연한 겁니다. 양키즈가 아니라 다른 빅 마켓 구단을 가더라도 이만큼은 했을 겁니다."

"후우……."

"저는 제가 할 수 있는 최선을 다해 한정훈 선수와의 재계약을 위해 노력하겠습니다. 그러니 부디 잡음이 나지 않도록 구단주께서도 도와주시길 부탁드립니다."

브라이언 캐시 단장이 자식뻘인 하인 스타인브리너 구단주에게 고개를 숙였다.

구단 운영의 전권을 위임받은 상태지만 한정훈의 재계약을 무사히 성사시키기 위해서는 하인 스타인브리너 구단주의 도움이 절대적으로 필요했다.

"알았어요. 나도 최선을 다해볼게요."

하인 스타인브리너가 고개를 끄덕였다. 다른 선수라면 몰라도 한정훈이라면 그녀 역시 다른 팀에 빼앗기고 싶지 않았다.

브라이언 캐시 단장을 내보낸 뒤 하인 스타인브리너는 즉시 비서를 불렀다. 그리고 한정훈과 관련된 동향을 전해 들었다.

"한정훈 선수와 하리모토 쇼타 선수의 여동생이 이번 시즌 종료 후 약혼을 할 예정인 것으로 알려졌습니다."

"그래요? 확실한 건가요?"

"네, 시즌 중이라 정확한 일정은 잡히지 않았습니다만 양가 가족들끼리 조촐하게 약혼식을 치르기로 합의가 됐다고 합니다."

메이저리그의 포스트시즌 일정은 길었다. 양키즈가 얼마나 높이 올라가느냐에 따라 약혼 일정이 미뤄질 수밖에 없었다.

"그럼 그 약혼식은 어디서 하는 거죠?"

"일단 한국에서 하는 것으로 이야기가 진행되고 있는 모양입니다. 한정훈 선수의 에이전시인 베이스 볼 61측에서도 미리미리 장소를 섭외 중인 것으로 알고 있고요."

"그 약혼식, 뉴욕에서 하는 건 어때요?"

하인 스타인브리너 구단주가 뜻밖의 제안을 했다. 약혼 축하 선물보다는 차라리 구단 차원에서 한정훈의 약혼식 진행을 돕는 편이 여러모로 나을 거란 생각이 들었다.

"뉴욕…… 에서요?"

"왜요? 우리가 나서는 게 동양의 정서와 맞지 않나요?"

"그건 아니지만…… 한번 베이스 볼 61측과 논의해 보겠습니다."

"그래요. 아울러 한정훈 선수가 머물 새집도 알아보도록 하세요."

"새집이요? 한정훈 선수 측에서 딱히 거주지에 대해 불만을 나타낸 적이……."

"없어도 새로 알아봐요. 조금 더 양키즈 스타디움과 가까운 쪽으로요. 듣기로 다저스에서 할리우드식 주택으로 한정훈 선수의 마음을 흔들었다죠?"

하인 스타인브리너 구단주가 넌지시 힌트를 주었다.

할리우드식 주택.

뉴욕의 스타일과는 맞지 않는 주택이었지만 구단주가 지시하고 선수가 원한다면 만들어서라도 준비해야 했다.

"알겠습니다. 최대한 이른 시간 내에 준비하도록 하겠습니다."

"좋아요. 그리고 내친김에 근처에 하리모토 쇼타 선수의 집도 알아보세요."

"현명하신 판단이십니다."

비서가 방긋 웃었다. 한정훈만큼이나 하리모토 쇼타도 양키즈의 주요 전력이었다. 게다가 모모코가 하리모토 쇼타의 여동생인 것까지 감안한다면 실력 이상으로 우대해 줄 필요가 있었다.

"그런데 양키즈가…… 이번에 우승할 거 같나요?"

하인 스타인브리너 구단주가 조심스럽게 물었다.

우승은 오직 하늘만이 알 수 있다지만 양키즈의 분위기로 봤을 때 지난 시즌보다는 더 높이 올라갈 것 같았다.

그러자 비서가 단단히 고개를 끄덕였다.

"우승할 겁니다. 저는 그렇게 믿고 있습니다."

어지간해서는 말을 아끼는 비서가 확신에 차 있을 만큼 양키즈의 성적은 좋았다.

전반기 종료까지 62승 33패.

라이벌인 레드삭스에 4경기 차 앞서 지구 선두를 달리고 있었다.

승률은 무려 0.653에 달했다.

아메리칸리그 전체 1위.

메이저리그 전체 1위.

전문가들은 이 상승세가 꺾이지 않는 한 양키즈의 100승 달성은 무난할 것이라고 전망했다.

팀 성적이 좋아지면서 올스타전에 초대된 선수들도 늘어났다.

1루수 그린 버드와 3루수 요하니스 페데즈, 중견수 브라이언 리, 지명 타자 제이크 햄튼이 팬 투표를 통해 올스타로 선정됐다.

2루수 비비 그레고리우스와 유격수 로비 래프스나이더, 포수 아담 앤더슨도 추가 선발로 올스타전 명단에 올랐다.

투수 쪽에서는 한정훈과 하리모토 쇼타, 테너 제이슨, 라몬 에르난데스가 합류했다.

한정훈을 선발로 내세울 거냐는 기자들의 질문에 아메리

칸리그를 이끌 레드삭스 존 헤럴 감독은 한정훈 이외의 선발 투수는 머릿속에 없다고 대답했다.

레드삭스에도 좋은 투수가 많지만, 아메리칸리그 투수 중 그 누구도 한정훈을 대신하지는 못할 것이라며 에이스 한정훈을 인정했다.

존 헤럴 감독의 극찬에 한정훈은 최선을 다한 피칭으로 아메리칸리그에 승리를 안기겠다고 말했다. 그리고 자신의 말을 입증하듯 3이닝 7K, 퍼펙트 피칭을 마치고 마운드를 내려왔다.

이후 아메리칸리그는 에두아르 로드리게스(레드삭스)-하리모토 쇼타-크리스 세이(화이트삭스) 등, 아메리칸리그를 대표하는 투수들의 완벽 호투 속에 9회까지 무실점으로 내셔널리그 타자들을 틀어막았다.

반면 내셔널리그는 선발로 나선 매츠의 노아 선더가드가 2이닝 3실점을 하며 경기 초반에 승기를 내줬다.

이후 등판한 투수들도 줄줄이 무너지면서 10 대 0이라는 굴욕적인 스코어를 만들어냈다.

MVP는 1회 초 노아 선더가드로부터 3점 홈런을 때린 제이크 햄튼이 차지했다. 한정훈이 강력한 대항마가 될 것이라는 전망이 많았지만, 홈런에 초점이 맞춰진 기자들의 인식을 뛰어넘지는 못했다.

"아쉽지 않아?"

"뭐가? MVP?"

"올해는 솔직히 네가 탈 줄 알았는데."

하리모토 쇼타가 진심으로 아쉬워했다. 하리모토 쇼타뿐만 아니라 대부분의 투수가 한정훈도 충분히 MVP가 될 수 있었다고 말했다.

하지만 정작 한정훈은 대수롭지 않은 반응이었다.

"난 별 기대 안 했어. 한국에서도 비슷했으니까."

한국에서 4차례 올스타에 뽑히는 동안 한정훈이 MVP를 차지한 건 딱 한 차례에 불과했다.

"정훈! 살살 좀 해. 너 때문에 내가 너무 힘들어."

한정훈과 하리모토 쇼타를 발견한 에두아르 로드리게스가 울상을 지으며 말했다.

전반기에만 12승을 거두며 최고의 시즌을 보내고 있지만, 너무나도 앞서 달리는 누군가 때문에 팬들과 언론들의 비교를 받는 상황이었다.

그건 11승의 크리스 세이도 마찬가지였다.

"정훈, 이번 기회에 한 달 정도 푹 쉬는 게 어때?"

"나도 동감이야. 정훈, 너한테는 휴식이 필요하다고."

올스타로 뽑힌 투수들이 앞다투어 한정훈에게 하소연을 했다. 그만큼 한정훈의 전반기 기록은 압도적이었다.

17승 1패.

평균 자책점 0.64 탈삼진 279개.

승수를 제외하고는 어지간한 에이스급 투수들이 한 시즌을 통째로 보내도 될까 말까 한 기록이었다.

이대로 시즌이 끝난다 하더라도 한정훈의 사이영상 2연패는 문제없을 거란 의견이 주를 이루었다.

오죽했으면 아메리칸리그 언론들이 한정훈을 제외한 선수들의 기록표를 별도로 만들어 게재할 정도였다.

하지만 한정훈은 아직 배가 고팠다. 지금 성적도 나무랄 데 없이 훌륭하다는 걸 알고 있지만, 고작 이 정도에서 만족할 마음이 없었다.

한정훈이 추구해 왔던 메이저리그 최고 투수는 단순히 현시대만을 의미하는 게 아니었다.

할 수만 있다면 메이저리그의 역사 속에 한정훈이라는 이름 석 자를 또렷이 아로새기고 싶었다.

적어도 그 정도는 이루어내야 두 번의 삶을 살아가는 의미가 있을 것 같았다.

121장
선두 다툼(2)

한정훈은 레즈와의 후반기 첫 경기에 선발 등판해 7이닝 1 피안타 1사사구 1실점으로 시즌 18승째를 챙겼다.

올스타전이 끝나고 사흘 만에 등판한 터라 컨디션이 정상은 아니었지만, 팀 타선이 일찌감치 폭발해 주면서 마음 편하게 투구를 마쳤다.

한정훈이 첫 단추를 잘 끼워주면서 양키즈는 레즈와의 3 연전을 쓸어 담으며 승률을 더욱 끌어올렸다.

뉴욕 언론은 98년 뉴욕 양키즈가 기록한 0.704라는 경이적인 승률(114승 48패)에 가까워지고 있다고 호들갑을 떨어댔다.

완벽한 팀 케미스트리를 자랑하며 정규 시즌과 포스트시즌을 집어삼켰던 98년처럼 올 시즌에도 양키즈가 제대로 일을 내주길 기대한 것이다.

하지만 양키즈가 이후 세 시리즈에서 부진하면서 어게인 98이라는 표현은 쑥 들어가 버렸다.

레인저스와 블루제이스로 이어지는 홈 7연전에서 4승 3패(2승 2패, 2승 1패)를 기록한 뒤 텍사스 원정에서 1승 2패로 밀리면서 0.663에 달했던 승률이 0.648까지 추락한 것이다.

그 와중에도 양키즈는 메이저리그를 통틀어 가장 먼저 70승을 밟았다.

그리고 8월의 마지막 시리즈인 토론토 원정 3연전을 쓸어 담으며 레드삭스와의 격차를 무려 7경기까지 벌려 놓았다.

88승 48패. 승률 0.647.

이때까지만 해도 전문가들은 양키즈의 100승 달성은 시간 문제라고 여겼다.

남은 26경기에서 12승만 거두면 100승이었다. 설사 9월에 부진한다 하더라도 5할 승률이 무너지지는 않을 것이라고 전망했다.

"올 시즌 양키즈의 타선이 부쩍 강해지긴 했지만 양키즈 상승세의 가장 큰 이유로 마운드를 꼽고 싶습니다."

"제 생각도 같습니다. 5명의 선발 투수가 특별한 부상 없이 로테이션을 유지해 주고 있어요. 그중 4명은 벌써 10승을 넘어섰고요."

"한정훈과 하리모토 쇼타라는 리그 최강의 원투펀치를 칭찬하지 않을 수가 없습니다. 둘의 승수를 합치면 40승입니다. 양키즈 전체 승리의 45%를 책임지고 있어요."

"올 시즌 처음으로 뒷문을 맡게 된 라몬 에르난데스도 잊지 말아야 합니다. 37세이브를 기록하는 동안 블론 세이브는 단 2개뿐입니다. 이 정도면 마리아 리베라의 후계자로 인정해도 될 것 같습니다."

"9월에 로스터가 확대되면 다른 팀들도 숨통이 트일 테니 양키즈가 지금처럼 독주하기 어려울지도 모릅니다. 양키즈도 포스트시즌에 대비한 선수 운용을 가져갈 테고요."

"그렇다 하도라도 100승은 무난하겠죠. 4월부터 8월까지 양키즈는 단 한 번도 월별 승률 6할 이하로 떨어지지 않았으니까요."

"마운드에서 한정훈과 하리모토 쇼타가 버티고 있으니 5할 승률은 무난해 보입니다."

"저 역시 같은 생각입니다. 조지 지라디 감독이 파격적인 운영만 하지 않는다면 말이죠."

전문가들의 우려를 전해 들은 조지 지라디 감독은 작년 시즌 같은 우를 범하지 않겠다고 다짐했다.

이대로만 가면 지구 우승은 확정이었다. 레드삭스와의 격차가 워낙 벌어진 터라 특별히 무리할 이유가 전혀 없었다.

선수들도 우승을 했다는 생각에 긴장감이 풀렸다.

그래서일까.

양키즈의 성적이 갑자기 곤두박질치기 시작했다.

악몽이 시작은 레드삭스와의 홈 3연전이었나. 레드삭스를 상대로 2, 3, 4선발을 내보냈지만, 다나카 마스히로와 테너 제이슨이 갑자기 무너지면서 1승 2패로 루징 시리즈를 기록하게 됐다.

이어진 로열스와의 홈 3연전도 마찬가지. 2차전에 등판한 한정훈이 완봉을 거두며 4연패의 사슬을 끊어냈지만, 팀의 연승을 이어줄 거라 기대했던 하리모토 쇼타가 부진하면서 또다시 루징 시리즈를 이어갔다.

레이스와의 3연전 결과는 충격적이었다. 아무리 3, 4, 5선발이 나섰다 하더라도 지구 최하위는 레이스를 상대로 1승밖에 거두지 못한 점에 대해 팬들까지 들고일어났다.

"이번 볼티모어 원정에서 좋은 결과를 만들어내 팬들의 기대에 부응하도록 하겠습니다."

조지 지라디 감독은 도망치듯 인터뷰를 마치고 볼티모어행 비행기에 올랐다.

한정훈과 하리모토 쇼타가 모두 출전하는 만큼 최소한 2

승은 확보할 수 있을 것이라 기대했다.

그런데 한정훈이 등판한 1차전에서 충격의 역전패를 허용하며 분위기 반전에 실패했다. 한정훈이 갑작스럽게 배탈 증세를 보이며 7이닝 만에 마운드를 내려온 게 화근이었다.

한정훈과 함께 배탈이 났던 하리모토 쇼타도 6이닝을 버티지 못하고 물러났다.

다행히 이 경기는 타자들이 힘을 내주며 어렵게 잡아냈지만, 다나카 마스히로가 등판한 3차전에 또다시 역전패를 허용하며 4시리즈 연속 루징 시리즈를 기록하게 됐다.

이쯤 되자 뉴욕 언론도 더는 참지 못했다.

[양키즈, 오리올스에 또다시 역전패! 충격의 4연속 루징 시리즈!]

[9월 성적 4승 8패. 레드삭스 4경기 차로 따라붙어!]

[흔들리는 불펜. 조지 지라디 감독 투수 운용에 허점 드러나.]

[지구 우승 노리던 양키즈. 이대로 침몰할 것인가.]

뉴욕 언론들은 대놓고 조지 지라디 감독의 지도력을 깎아내렸다.

8월까지만 해도 승률이 0.647이었는데 고작 2주 만에 0.622까지 추락했으니 조지 지라디 감독이 책임을 져야 한다는 것이었다.

몇몇 극성 언론은 이대로 양키즈가 지구 우승에 실패할 경우 조지 지라디 감독을 해임하고 젊은 팀 컬러에 맞는 젊은 감독을 선임할 필요가 있다고 주장했다. 그리고 그 대안으로 알레스 로드리게스를 내세웠다.

"알레스 로드리게스라니?"

"지금 뭐 하자는 기야?"

기사를 접한 양키즈 선수들은 어처구니없다는 반응이었다. 알레스 로드리게스가 양키즈의 슈퍼스타 출신인 걸 모르지는 않지만, 코치 경험조차 없는 그에게 양키즈를 내준다는 건 있을 수 없는 일이었다.

브라이언 캐시 단장이 감독 교체는 검토하지 않고 있다고 밝혔지만 조지 지라디 감독은 내심 불안함을 감추지 못했다.

만에 하나 이대로 지구 우승에 실패할 경우 누군가는 그 책임을 져야 했기 때문이다.

잘나가던 팀의 분위기가 4연속 루징 시리즈와 감독 교체설로 뒤숭숭해졌다. 이런 상황에서 성적 반등을 기대한다는 것 자체가 말이 되지 않았다.

"루이스 기자 좀 불러주세요."

보다 못한 한정훈이 구단과 가까운 기자를 불러 단독 인터뷰를 진행했다.

그리고 최근 성적이 좋지 않은 건 자신을 비롯한 선수들이 지나치게 마음을 놓았기 때문이지 조지 지라디 감독의 지도력에는 아무 문제가 없다고 밝혔다.

"오리올스전에서 일찍 마운드에 내려갔는데 다른 이유가 있었나요?"

"하리모토 쇼타와 따로 식사를 했는데 그때 먹은 음식이 잘못된 모양입니다."

"아, 그러니까 식중독에 걸렸다는 말이죠?"

"식중독까지는 모르겠지만 다행히 약을 먹고 괜찮아졌습니다."

"그럼 다음 경기는 기대할 수 있는 거죠?"

"물론입니다. 최상의 컨디션으로 임하겠습니다."

한정훈의 인터뷰 덕분에 들끓던 팬들의 불만은 다소 가라앉았다. 한정훈의 어깨 부상을 의심하던 일부 기사들도 금세 사라져 버렸다.

하지만 양키즈는 레이스 원정에서 또다시 루징 시리즈를 기록했다.

승리에 대한 부담을 느낀 테너 제이슨과 그렉 나이트가 연달아 무너져 버렸기 때문이다.

다행히 한정훈이 등판한 3차전에서 연패를 끊어냈지만, 팬들과 약속했던 최고의 경기와는 거리가 있었다.

7이닝 1피안타 1사사구 무실점 삼진 11개.

경기 내용은 좋았지만 7회까지 투구 수가 97구를 기록하면서 선수 보호 차원에서 교체가 됐다.

덕분에 한정훈이 부상을 숨기고 있는 게 아니냐는 루머가 다시 기승을 부렸다.

양키즈는 블루제이스와의 홈 4연전에서 2승 2패를 거두며 5연속 루징 시리즈를 탈출했다. 하리모토 쇼타와 다나카 마스히로가 3연승을 주도했다.

하지만 테너 제이슨과 그렉 나이트가 아쉬운 투구를 선보이며 2경기를 내주고 말았다.

이어진 오리올스와의 홈 4연전에서 한정훈은 오랜만에 경기를 책임지며 건재함을 과시했다.

9이닝 2피안타 무실점.

팀의 2연패를 끊는 귀중한 승리였다.

하지만 오리올스의 반격도 매서웠다. 와일드카드 순위 3위를 달리는 상황이라 1승이라도 더 챙기기 위해 이를 악물고 달려들었다.

결국 서로 한 경기씩 주고받는 상황이 이어지면서 시리즈 스코어 2승 2패로 끝이 났다.

반면 레드삭스는 레이스와의 3연전을 쓸어 담으며 선두 양키즈를 3경기 차이로 추격했다.

시즌 마지막 시리즈는 운명의 보스턴 원정 3연전.

이 시리즈를 전부 내줄 경우 양키즈와 레드삭스는 타이브 레이크 시리즈를 치러야 하는 상황이었다.

운명의 1차전은 레드삭스가 가져갔다.

조지 지라디 감독이 10승을 앞둔 그렉 나이트에게 다시 한 번 기회를 줬지만 그렉 나이트는 그 기대에 부응하지 못했다.

반면 시즌 내내 부진하던 레드삭스의 릭 퍼셀로는 8이닝 무실점 완벽투를 선보이며 팀의 지구 우승 가능성을 높였다.

"내일 경기를 이기기 위해 최선을 다하겠습니다."

레드삭스 존 혜럴 감독은 2차전 승리에 전력을 다하겠다고 말했다.

보스턴 언론도 레드삭스가 2차전만 잡아내면 분위기를 타고 시리즈 스윕을 달성할 수 있다고 입을 모았다.

하지만 대다수 언론은 2차전에서 지구 우승이 결정될 것이라고 전망했다. 양키즈의 2차전 선발이 다름 아닌 한정훈이었기 때문이었다.

야구팬들의 반응도 별반 다르지 않았다.

ㄴ레드삭스, 포기해. 포기하면 마음이 편해진다고.

ㄴ한정훈을 이기겠다고? 지금 농담하는 거지? 올 시즌 한
정훈은 레드삭스한테 단 한 번도 진 적이 없다고.

ㄴ오늘의 문제. 레드삭스전 4경기 나와서 3승에 평균 자책
점 0.56을 기록한 괴물 같은 투수는 누구일까요?

ㄴ정답 레드삭스기 내일 상대할 투수.

ㄴ정답 레드삭스를 와일드카드 결정전으로 밀어낼 투수.

ㄴ정답 양키즈의 지구 우승을 확정지을 투수.

대부분의 야구팬이 양키즈의 승리를 예상했다. 한정훈이
레드삭스를 상대로 절대적으로 강한 만큼 레드삭스에게 기
적 따위는 일어나지 않을 것이라는 의견이 지배적이었다.

물론 레드삭스 팬들은 기적을 바랐다.

ㄴ혹시 몰라. 한정훈이 지난번처럼 배탈이 날지도 모른
다고!

ㄴ그래, 한정훈만 내려가면 경기는 모르는 거야. 애스트
로스처럼 수단과 방법을 가리지 말고 한정훈을 물고 늘어져
야 해!

한정훈도 사람인 만큼 레드삭스 선수들이 똘똘 뭉친다면

기적 같은 승리를 만들어낼 수 있을 것이라고 기대했다.

그러나 한정훈은 지구 우승 확정의 영광을 다른 투수에게 넘겨줄 마음이 눈곱만큼도 없었다.

－스트라이크! 구심이 스윙을 선언합니다. 마크 에르난데스 삼진입니다!

－한정훈! 마크 에르난데스를 삼진으로 잡아내며 양키즈의 지구 우승을 확정 짓습니다!

9이닝 3피안타 무실점 완봉승.

"정훈! 정후우우운!"

"크아아아! 잘했어! 네가 최고야!"

선수들이 앞다투어 마운드 위로 달려왔다. 그리고 한정훈을 높게 들어 올렸다.

시즌 첫 등판과 마지막 등판에서 동료들의 헹가래를 받으며 한정훈은 2023시즌을 화려하게 마무리 지었다.

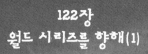

122장
월드 시리즈를 향해(1)

레드삭스와의 최종전에서 패배하면서 양키즈는 100승 달
성에 실패했다.

99승 63패 0.611.

8월 말에 비하면 다소 평범해진 성적이었지만 뉴욕은 그
야말로 축제 분위기였다.

"봤어? 봤냐고!"

"크하하하. 레드삭스 놈들, 이제 앞으로 10년간 지구 우승
은 꿈도 꾸지 말라고!"

지난 10여 년간 레드삭스에 치여왔던 양키즈 팬들은 온라

인과 오프라인을 가리지 않고 그동안 억눌렀던 감정을 전부 토해냈다.

2년 연속 포스트시즌에 진출했지만, 와일드카드 결정전 끝에 막차를 탄 작년과 지구 우승으로 당당히 디비전시리즈에 선착한 올해의 느낌은 전혀 달랐다.

"올해는 챔피언십 시리즈끼진 올라가겠지?"

"무슨 헛소리야? 당연히 월드 시리즈에 나가야지."

"꿈이 너무 큰 거 아냐? 하나씩 하나씩 해야지."

"한정훈을 보유한 팀인데 그 정도 목표는 당연한 거 아냐?"

"맞아. 한정훈도 월드 시리즈 진출이 목표라고 했어!"

양키즈 팬들은 모였다 하면 포스트시즌 전망을 늘어놓았다. 대부분의 팬은 디비전시리즈 승리는 떼 놓은 당상이라고 여겼다.

아메리칸리그팀 승률 1위를 기록하며 와일드카드 결정전을 통해 올라온 팀과 맞붙는 만큼 승산은 충분하다고 여긴 것이다.

전문가들의 생각도 크게 다르지 않았다.

"올해의 양키즈는 작년과는 다를 겁니다."

"조지 지라디 감독은 한정훈을 1차전과 4차전에 등판시킬 겁니다. 이 자체만으로도 상대 팀이 받아야 할 부담감이 엄청날 수밖에 없어요."

"한정훈이 두 경기에 등판하면 양키즈는 최소 2승을 확보하는 셈입니다. 물론 100%의 확률은 아닙니다. 하지만 90% 이상 그렇게 될 가능성이 크죠."

"한정훈이 등판하지 않는 세 경기에서 한 경기만 승리하면 되는 양키즈와 한정훈이 등판하는 나머지 세 경기를 전부 이겨야 하는 상대 팀. 둘 중 누가 더 유리할지는 세 살짜리 어린아이도 알 겁니다."

대부분의 전문가는 양키즈가 아메리칸리그 챔피언십 시리즈의 한 자리를 예약해 놓았다고 단언했다.

아직 양키즈의 디비전시리즈 상대조차 결정되지 않았지만 누가 올라오더라도 양키즈의 적수가 되기 어려울 것이라고 전망했다.

그러자 보스턴 언론에서 현명한 결정을 내려야 한다며 레드삭스 존 헤럴 감독을 압박했다.

와일드카드 결정전에서 에이스인 에두아르 로드리게스 카드를 사용할 경우 디비전시리즈에 올라가더라도 한정훈을 막을 방법이 없다는 것이다.

대부분의 전문가는 양키즈의 디비전시리즈 상대로 레드삭스를 점쳤다.

원투펀치의 성적을 제외하고 모든 부분에서 레드삭스가 매리너스에 앞섰다.

상대 전적 또한 마찬가지였다. 도박 사이트들조차 매리너스의 승리에 3배의 배당금을 걸며 레드삭스의 승리를 예상했다.

상황이 이렇다 보니 보스턴 언론에서 디비전시리즈에 관한 걱정을 하는 것도 무리는 아니었다.

때마침 매리너스의 스캇 서바이브 감독이 와일드카드 결정전 선발로 킹 펠릭스, 펠릭스 에르난데르를 내세우자 레드삭스 팬들까지 언론의 주장에 가세했다.

ㄴ언제 적 킹 펠릭스야? 매리너스의 에이스는 오타니 쇼헤라고 봐야 하잖아. 안 그래?

ㄴ펠릭스 에르난데르는 지금 3선발급이라고. 물론 작년에는 부상으로 주춤한 오타니 쇼헤를 대신해 에이스 역할을 훌륭하게 해줬지만, 올해는 달라. 올해 에이스는 누가 뭐래도 오타니 쇼헤지.

ㄴ오타니 쇼헤-타이안 워커-펠릭스 에르난데르 이 순서지 않나?

ㄴ그래, 실력과 성적만 놓고 본다면 그렇지.

ㄴ그럼 뭐야? 매리너스가 와일드카드 결정전을 포기한 거야?

ㄴ오타니 쇼헤와 타이안 워커가 마지막 두 경기에 등판했

잖아. 어쩔 수 없이 펠릭스 에르난데르를 내세운 거라고.

└그럼 우리도 투수를 아껴야지. 펠릭스 에르난데르를 상대로 에두아르 로드리게스를 내세우는 건 낭비라고

└데이브 프라이스 정도가 좋겠어. 데이브 프라이스도 큰 경기에 강하니까.

└다들 무슨 헛소리야? 그러다 디비전시리즈에 진출 못하면 어쩌려고 그래?

└너야말로 멍청한 소리 마. 우리 목표는 월드 시리즈 우승이라고. 와일드카드 결정전에 쩔쩔매다가는 양키즈가 월드 시리즈에 진출하는 모습을 지켜봐야 할 거야.

팬들의 의견을 수렴한 존 헤럴 감독은 와일드카드 결정전 선발을 에두아르 로드리게스에서 데이브 프라이스로 전격 교체했다.

데이브 프라이스도 레드삭스의 디비전시리즈 진출을 위해 최선을 다하겠다는 뜻을 보였다.

[펠릭스 에르난데스 vs 데이브 프라이스.]

[디비전시리즈 진출을 건 사이영상 투수들의 맞대결!]

언론은 대대적으로 와일드카드 결정전을 홍보했다. 하지

만 대중들의 관심도는 생각만큼 크지 않았다.

시즌 막판까지 오리올스와 와일드카드 경쟁을 치러야 했던 매리너스야 어쩔 수. 없다 하더라도 레드삭스가 에두아르도 로드리게스를 아낀 건 와일드카드 결정전의 가치를 퇴색시킨 결정이라는 지적이 많았다.

단판 승부이기 때문에 모든 걸 쏟아부어아 하는데도 서로 약속이나 한 것처럼 3선발급 투수의 맞대결로 때우려는 건 팬 서비스와 거리가 멀다는 것이었다.

하지만 경기 결과는 언론의 질타와는 별개로 치열하게 진행됐다.

펠릭스 에르난데르는 레드삭스의 강타선을 7이닝 9피안타 2실점으로 틀어막았다.

거의 매 이닝 주자를 내보냈지만, 고비 때마다 더블플레이를 유도하며 실점을 최소화했다.

데이브 프라이스도 6이닝 7피안타 2실점으로 호투했다.

포스트시즌에 강한 모습을 유감없이 발휘하며 펠릭스 에르난데르와의 맞대결에서 밀리지 않는 모습을 보여주었다.

경기의 승패가 갈린 건 8회 초.

로베르토 카노를 대신해 대타로 나선 야니기타 유이의 솔로 홈런이 터지면서 2 대 2의 균형이 무너졌다.

스캇 서바이브 감독은 8회 말과 9회 말, 동원 가능한 모든 투수를 쏟아부으며 레드삭스의 추격을 막아냈다.

최종 스코어 3 대 2.

양키즈의 파트너로 매리너스가 결정됐다.

[디비전시리즈 1차전, 한정훈 vs 오타니 쇼헤.]
[한일 양국 에이스의 맞대결! 1차전의 승자는?]

디비전시리즈 1차전 시작 전부터 언론들은 한정훈과 오타니 쇼헤의 맞대결에 지대한 관심을 가졌다.

시즌 29승을 챙긴 한정훈의 사이영상 2연패는 기정사실이나 마찬가지였다.

단순히 개인 기록만 놓고 봤을 때 아시아 돌풍을 불러왔던 오타니 쇼헤는 더 이상 한정훈의 적수가 되지 못했다.

그러나 한정훈에 맞서 투수전을 이끌어낼 만한 투수군 가운데서 오타니 쇼헤는 첫 손에 꼽히는 투수였다.

시즌 성적도 19승 8패.

평균 자책점 2.45, 탈삼진 277개.

한정훈과는 달리 타석에서도 0.250의 타율과 2루타 3개를 때려냈다.

만약 한정훈이 없었다면 하리모토 쇼타와 함께 사이영상을 두고 다퉜을 만큼 오타니 쇼헤의 경기력은 좋았다. 지난 시즌 부상으로 부진했던 걸 깨끗이 만회한 느낌이었다.

하지만 언론들은 일방적으로 한정훈의 승리를 점쳤다. 시애틀 언론조차 양키즈 스타디움에서 절대적으로 강한 한정훈을 오타니 쇼헤가 잡아내기란 역부족이라고 말했다.

올 시즌 한정훈의 매리너스전 성적은 원정 경기에 한 번 등판해 1승, 평균 자책점 1.13이었다.

반면 오타니 쇼헤는 홈과 원정에서 한 차례씩 등판해 1승 1패, 평균 자책점 3.75를 기록 중이었다.

표본이 적다 보니 한정훈과 오타니 쇼헤 모두 시즌 평균 자책점보다 상대 평균 자책점이 높았다.

그러나 중계를 맡은 ESPM 해설진은 포스트시즌이고 디비전시리즈의 첫 경기이며 한정훈과 오타니 쇼헤의 컨디션이 좋다는 이유를 들어 팽팽한 투수전이 펼쳐질 거라 전망했다.

-오타니 쇼헤의 후반기 성적은 눈이 부실 정도입니다. 16 경기에 선발 등판해 9승을 거뒀습니다. 평균 자책점도 1.99 에 불과합니다.

　-양키즈 스타디움에서도 나쁘지 않았습니다. 통산 4경기 에 선발 등판해 2승 1패, 평균 자책점 2.75였네요.

　-한정훈의 홈경기 기록이 워낙 사기적이기 때문에 직접 적인 비교를 하는 건 무의미하겠지만 매리너스로서는 오타 니 쇼헤의 호투에 희망을 걸어볼 만한 상황입니다.

　-양키즈의 9월 팀 타율이 2할 5푼이 되지 않으니까요. 오타니 쇼헤의 빠른 공을 쉽게 공략해 내지는 못할 것 같습 니다.

　야구는 상대적이었다. 투수가 아무리 좋은 공을 던져도 타 자들이 점수를 뽑아내 주지 못한다면 경기에서 절대 이기지 못하는 법이다.

　한정훈을 상대해야 하는 매리너스 타자들은 그야말로 죽 을 맛이었다. 올 시즌 한 차례 맞대결에서 연속으로 터져 나 온 텍사스성 안타로 한 점을 뽑아내긴 했지만 8이닝 동안 무 려 14개의 탈삼진을 헌납하며 자멸했다.

　그러나 매리너스의 스캇 서바이브 감독은 ESPM 중계진 의 말처럼 희망을 놓지 않고 있었다.

바닥을 친 양키즈 타선을 상대로 오타니 쇼헤가 7이닝 이상을 무실점으로 버텨준다면 경기를 연장으로 끌고 가는 게 가능해 보였다.

레드삭스와의 와일드카드 결정전을 치르기 전부터 스캇 서바이브 감독은 한정훈의 공략법을 연구했다.

그리고 지금까지 나왔던 모든 방법을 전부 검토한 끝에 애스트로스가 개막전에서 사용했던 물귀신 작전이 최선이라는 판단을 내렸다.

다만 스캇 서바이브 감독은 애스트로스의 BJ 힌치 감독처럼 모든 투수를 전부 쏟아부을 생각은 없었다.

애스트로스야 댈런 카이클을 아끼려다가 사단이 났지만 스캇 서바이브 감독은 정공법대로 오타니 쇼헤를 내세웠다.

설사 오타니 쇼헤가 한정훈을 상대로 이기진 못하더라도 7이닝 이상 무실점 피칭이라는 미션은 충분히 수행해 줄 수 있다고 판단했다.

물론 오타니 쇼헤에게는 에이스로서 최선을 다해 달라고 주문했다. 오타니 쇼헤를 믿는다며 타선이 어떻게든 한 점을 뽑아줄 테니 매리너스의 첫 승을 이끌어 달라고 당부했다.

그 독려가 먹혔는지 오타니 쇼헤는 1회부터 불같은 강속구를 내던지며 양키즈 타선을 윽박질렀다.

－오타니 쇼헤! 바깥쪽 포심 패스트볼로 요하니스 페데즈를 잡아냅니다.

－전광판에 무려 103mile/h이 찍혔는데요. 초반부터 전력을 다하는 느낌입니다.

오타니 쇼헤의 호투에 막혀 양키즈 타선은 4회까지 퍼펙트로 끌려갔다.

하지만 5회 초, 선두 타자로 나선 그린 버드의 먹힌 타구가 3루수와 좌익수 사이에 뚝 하고 떨어지면서 12타자 연속 범타 기록이 깨졌다.

이어 대타로 나온 매스 윌리암스가 희생 번트를 성공시키며 오늘 경기 처음으로 스코어링 포지션에 주자를 내보냈다.

그러나 오타니 쇼헤는 흔들리지 않았다. 5이닝을 퍼펙트로 틀어막고 있는 한정훈 쪽을 힐끔 바라본 뒤 이를 악물고 6번 타자 제이크 햄튼과 7번 타자 카일 스위버를 연속 삼진으로 잡아냈다.

－오타니 쇼헤! 대단한 피칭입니다.

－벌써 11개째 삼진을 잡아내며 한정훈과 탈삼진 개수를 맞춥니다!

ESPM 중계진의 극찬을 받으며 오타니 쇼헤가 천천히 마운드에서 내려갔다.

그리고 뜨겁게 달궈진 마운드 쪽으로 한정훈이 걸어 나왔다.

선두 타자는 7번 타자 야니기타 유이.

올 시즌 주전과 백업을 오가다가 지난 외일드가드 결징진 결승 홈런 이후로 처음으로 7번 선발 출전한 상황이었다.

"후……."

야니기타 유이가 길게 숨을 골랐다. 한정훈의 공에 익숙하다는 착각을 가지고 덤벼들었던 첫 타석에서 3구 삼진을 먹으면서 그의 자신감도 반쯤 꺾여 있었다.

'욕심 부리지 말자. 타이밍만 맞추면 돼.'

야니기타 유이는 큰 스윙을 버렸다. 장타자가 아니라 중거리 타자로 분류가 되고 있는 자신이 굳이 큰 타구를 노릴 필요는 없다고 여겼다.

일본에 있을 때만 해도 야니기타 유이는 한 시즌에 30개 이상의 홈런을 때려내는 강타자였다.

하지만 메이저리그에 진출한 지난 2년 동안 그가 때려낸 홈런은 20개가 되지 않았다.

물론 다른 타자들과 경쟁하는 과정에서 400타석 남짓 들어선 결과였지만 메이저리그와 일본 프로 무대는 확실히 달랐다.

못해도 2할 8푼에 20개 이상의 홈런을 때려낼 것이라 기대했던 야니기타 유이가 7번 타순에 플레툰으로 들어설 정도였다.

그에 비해 한정훈은 한국에서나 메이저리그에서나 최고의 위치를 유지하고 있었다.

한국이기 때문에 가능하다는 말도 안 되는 지표들조차 메이저리그로 고스란히 옮겨왔다. 오히려 메이저리그의 경기 수 때문에 한정훈의 괴물 같은 기록이 더 괴물같이 변해가고 있었다.

그래서 야니기타 유이는 한정훈과의 정면 승부를 포기했다. 노력하면 충분히 따라잡을 수 있을 거라던 헛된 꿈은 앞선 타석을 통해 깨끗이 지워 버렸다. 대신 어떻게든 출루하겠다는 일념으로 머릿속을 가득 채웠다.

하지만 그런 소극적인 태도로 한정훈의 공을 공략하기란 불가능에 가까웠다.

퍼어엉!

눈 깜짝할 사이에 홈 플레이트를 스쳐 지난 공이 바깥쪽 꽉 찬 코스에 틀어박혔다.

전광판에 찍힌 구속은 104mile/h(≒167.3km/h).

"하아……."

야니기타 유이의 입에서 절로 탄식이 흘러나왔다.

'이런 걸 어떻게 치라는 거야.'

야니기타 유이가 질렸다는 눈으로 한정훈을 바라봤다. 국제 대회에서 만날 때도 한정훈은 괴물 같았다. 저런 투수가 한국에서 나왔다는 게 믿어지지 않을 정도였다.

그런데 메이저리그에서 만난 한정훈은 더 끔찍한 괴물이 되어 있었다. 예전에는 그래도 가까스로 공을 걷어낼 수 있을 정도였는데 지금은 방망이를 휘두를 엄두조차 나지 않았다.

그런 줄도 모르고 3루 코치는 독려하듯 박수를 쳐 댔다. 선두 타자인 만큼 어떻게든 살아 나가라고 부지런히 수신호를 보냈다.

'나도 출루하고 싶다고요!'

야니기타 유이는 질근 입술을 깨물었다.

그 순간.

후아앗!

한정훈의 손끝을 빠져나온 공이 곧장 몸 쪽으로 파고들었다.

'몸 쪽!'

야니기타 유이가 반사적으로 방망이를 휘돌렸다. 일본에서나 메이저리그에서나 그는 몸 쪽 패스트볼에 자신이 있었다. 거의 감각적으로 방망이를 휘두르면 운이 따르는 장타가 자주 나왔다.

'제발 맞아라!'

야니기타 유이는 이를 악물었다. 하지만 방망이보다 공이 먼저 홈 플레이트를 스쳐 지나가 버렸다.

퍼엉!

"스트라이크!"

포구음과 스트라이크 콜이 동시에 울렸다.

"그렇지!"

"삼진 잡아버려!"

3구 삼진을 예감한 관중들이 함성을 내질렀다. 반면 매리 너스 더그아웃은 찬물을 끼얹은 듯 조용했다.

"미치겠군."

스캇 서바이브 감독도 굳은 표정을 감추지 못했다.

벌써 6회다. 타순이 두 바퀴 도는 동안 한정훈에게 안타를 때려낸 타자는 한 명도 없었다.

그나마 오타니 쇼헤가 이를 악물고 버텨주고 있긴 하지만 투구 수가 많았다.

5회까지 78구. 6회와 7회 투구 수를 아끼지 못한다면 8회 까지 밀어붙이기는 어려워 보였다.

반면 한정훈의 투구 수는 48구에 불과했다. 똑같이 5이닝을 던졌지만, 오타니 쇼헤보다 30구나 절약했다. 그런데도 탈삼진 숫자는 똑같았다. 이 압박감에서 오타니 쇼헤가 끝까지 감당하기란 쉽지 않아 보였다.

'하위 타선에서 믿을 수 있는 건 야니기타뿐이야. 어떻게든 출루를 시켜야 해.'

잠시 고심하던 스캇 서바이브 감독이 직접 시인을 냈다. 그 사인이 3루 코치를 통해 야니기타 유이에게 전해졌다. 자연스럽게 야니기타 유이의 눈매가 일그러졌다.

'번트를 대라니.'

야니기타 유이는 치미는 짜증을 억눌렀다. 아무리 그래도 그렇지 투 스트라이크 상황에서 기습 번트 사인은 아니었다. 이건 그냥 죽으라는 말과 다름없었다.

야니기타 유이가 자신 없는 눈으로 스캇 서바이브 감독을 바라봤다. 그러자 스캇 서바이브 감독이 다시 한 번 번트 사인을 냈다. 정면 승부로 야니기타 유이가 한정훈을 이길 가능성은 없다고 판단한 것이다.

"후우……."

야니기타 유이는 마지못해 타석에 들어섰다. 그리고 한정훈이 투구 동작에 들어가기가 무섭게 재빨리 번트 자세를 잡고 1루로 내달릴 준비를 했다.

그런데 하필이면 날아든 공이 커브였다. 작심하고 패스트볼 타이밍으로 움직였던 야니기타 유이 입장에서는 결코 건드릴 수조차 없는 공이었다.

'멈춰야 해!'

야니기타 유이는 홈 플레이트를 빠져나가려는 방망이를 힘겹게 붙들어 잡았다. 그렇게 하면 한 번 더 기회를 얻을 수 있을 것이라 여겼다.

하지만 다소 높게 날아들었던 공이 마지막 순간에 한복판으로 들어오면서 야니기타 유이의 희망도 와르르 무너져 내렸다.

─완벽한 브레이킹 볼입니다. 한정훈! 커브로 야니기타 유이의 타이밍을 완전히 빼앗았습니다.

─조금 위험한 공을 던졌습니다. 야니기타 유이가 침착했다면 충분히 공략이 가능했을 코스였거든요.

─하지만 한정훈은 왠지 야니기타 유이가 번트를 댈 줄 알고 있었던 것 같습니다.

─제 생각도 같습니다. 야니기타 유이가 사인을 너무 오래 지켜봤거든요. 무사에 주자가 없는 상황에서 나올 사인이 많지 않은데 벤치에 확인까지 했으니 한정훈과 아담 앤더슨도 당연히 눈치를 챘을 겁니다.

─이로써 한정훈, 오타니 쇼헤와의 탈삼진 경쟁에서 다시

하나 앞서 나갑니다.

　뒤이어 타석에 들어선 8번 타자 마이크 주노도 삼진으로 물러났다.

　한정훈이 연달아 던진 포심 패스트볼에 방망이 한 번 휘둘러 보지 못하고 선 채로 타석을 벗어나야 했다.

　9번 타자 제이크 피노는 2구째 들어온 체인지업에 기습적인 번트를 시도했다.

　다행히도 타구가 페어 라인 쪽으로 굴러들어 왔지만, 베이스 쪽에서 수비를 하고 있던 3루수 요하니스 페데즈가 군더더기 없는 수비를 펼치며 제이크 피노를 1루에서 잡아냈다.

　"한! 한! 한! 한!"

　"한! 한! 한! 한!"

　유유히 마운드를 내려가는 한정훈을 향해 양키즈 팬들이 한목소리로 연호했다.

　자신들의 에이스는 오늘도 6이닝을 안타 사사구 하나 없이 완벽하게 틀어막았다. 덕분에 0 대 0의 상황이 조금도 긴장되지 않았다.

　반면 6회 말을 막기 위해 더그아웃을 나선 오타니 쇼헤의 마음은 무겁기만 했다.

　양키즈의 타선은 8-9-1번으로 이어졌다. 하위 타선인 만큼 투구 수를 최대한 아낄 필요가 있었다.

'패스트볼로 승부한다.'

오타니 쇼헤는 오늘 가장 잘 들어가는 패스트볼 위주로 사인을 받았다.

하위 타선을 상대로 유인구를 던지며 체력을 허비하고 싶지 않았다. 다음 이닝 때 중심 타선과 맞닥뜨리는 만큼 최대한 힘을 아끼고 싶었다.

하지만 양키즈 타자들도 오타니 쇼헤의 패스트볼이 충분히 눈에 익은 상태였다.

따악!

원 스트라이크 상황에서 아담 앤더슨이 오타니 쇼헤의 포심 패스트볼을 힘껏 잡아당겼다.

올 시즌 타율도 멘도사 라인에 머물렀지만, 한가운데로 들어오는 패스트볼을 놓칠 만큼 타격 능력이 형편없는 건 아니었다.

3유간으로 빠지는 공을 잡아내기 위해 3루수와 유격수가 전부 몸을 날렸지만, 타구는 기어코 좌익수 앞으로 느리게 굴러갔다.

아담 앤더슨의 발이 느리지 않았다면 충분히 2루까지 내달릴 수 있는 상황이었다.

"젠장할."

오타니 쇼헤가 신경질적으로 마운드를 걷어찼다. 다른 타자도 아니고 양키즈 타자 중 타격 능력이 가장 떨어지는 아담 앤더슨에게 안타를 얻어맞았다는 사실이 짜증스럽기만 했다.

"괜찮아. 더블플레이로 유도하면 돼."

포수 마이크 주노가 다기와 오타니 쇼헤를 다독거렸다. 하지만 양키즈도 이 기회를 병살타로 허무하게 날릴 마음은 없었다.

따악!

타석에 들어선 로비 래프스나이더는 오타니 쇼헤의 초구를 노려 번트를 댔다.

번트에 대비하고 있던 3루수 코일 시거가 냉큼 타구를 잡았지만, 그때는 이미 아담 앤더슨이 2루에 거의 들어간 상태였다.

1사 2루 상황에서 1번 타자 브라이언 리는 풀카운트 접전 끝에 사사구를 골라냈다. 오타니 쇼헤가 내던진 102mile/h(≒ 164.1㎞/h)짜리 공이 바깥쪽 낮게 들어왔지만 애석하게도 구심의 팔은 올라가지 않았다.

"여기서 끊어야 해."

위기감을 느낀 오타니 쇼헤는 전력을 다해 2번 타자 비비 그레고리우스를 상대했다.

비비 그레고리우스도 쉽게 당하지 않겠다며 눈을 번뜩였지만 6구째를 힘껏 잡아당긴 타구가 3루수의 글러브 속에 빨려 들어가면서 미리 스타트를 끊었던 2루 주자 아담 앤더슨까지 2루에서 잡히고 말았다.

—오타니 쇼헤! 비비 그레고리우스를 더블플레이로 유도합니다.

—정말 위험한 순간이었는데요. 3루수 코일 시거가 좋은 집중력을 보여줍니다.

ESPM 중계진은 오타니 쇼헤의 투구를 칭찬했다. 안타와 사사구를 내주긴 했지만, 무실점으로 이닝을 끝마쳤다. 덕분에 0 대 0의 균형을 깨지 않을 수 있었다.

하지만 스캇 서바이브 감독은 골이 지끈거렸다. 하위 타선을 상대로 오타니 쇼헤가 기대만큼 투구 수를 줄이지 못했기 때문이다

"지금까지 몇 개지?"

"93구입니다."

"8회 등판은? 가능하겠어?"

"7회가 중심 타선입니다. 아무래도 7회가 한계일 것 같습니다."

"젠장할!"

스캇 서바이브 감독이 욕지거리를 내뱉었다. 오타니 쇼헤는 충분히 제 역할을 다해주고 있는데 자꾸 계산과 어긋나고 있으니 괜히 실망감이 들었다.

본래 스캇 서바이브 감독이 오타니 쇼헤에게 기대했던 건 7이닝 무실점 피칭이었다. 이변이 없는 한 한성훈은 9회까지 던질 테니 남은 2이닝은 불펜진을 동원해 막아내고 연장에서 승부를 볼 계획이었다.

제아무리 조지 지라디 감독도 한정훈을 연장전까지 끌고 가지는 못할 것이라고 여겼다.

평소대로 투구 수를 유지한다면 9회가 됐을 때 100구에 근접할 터.

사흘 휴식 후 한정훈을 4차전에 등판시키기 위해서라도 투수 교체를 단행할 것이라고 예상했다.

그런데 한정훈이 투구 수를 줄이면서 계산이 이상해졌다.

6회까지 한정훈의 투구 수는 고작 56구. 이닝당 9.3구에 불과했다. 이대로라면 한정훈이 9회는 물론이고 10회까지도 충분히 나올 수 있었다.

한정훈이 내려간 10회와 11회를 승부 시점으로 봤던 스캇 서바이브 감독 입장에서는 오타니 쇼헤의 투구 수가 아까울 수밖에 없었다.

한정훈이 한두 이닝 더 던져 준다면 오타니 쇼헤이도 그만큼 더 막아줘야 계산이 맞았다.

매러너스는 8회부터 불펜을 투입하는데 한정훈이 연장 10회에 등판한다면 애써 아껴둔 모든 계획이 수포로 돌아갈 수밖에 없었다.

"오타니, 괜찮아?"

"네, 버틸 만합니다."

"그럼 8회까지는 책임져 줘. 그래야 우리가 이길 수 있어."

스캇 서바이브 감독이 직접 오타니를 찾아가 독려했다. 부담을 주고 싶진 않았지만 지금 상황에서는 오타니가 에이스의 책임감을 가지고 젖 먹던 힘까지 끌어내 주길 바라는 수밖에 없었다.

"8회까지 막아내겠습니다."

오타니 쇼헤이가 단단히 고개를 끄덕였다. 중심 타자와 맞붙는 7회가 위기이긴 하지만 7회를 넘기면 8회부터는 하위 타순이었다. 얼마든지 버텨낼 자신이 있었다.

그사이 한정훈은 7회 초 공격을 깔끔하게 틀어막았다.

선두 타자 카르텔 마르테의 타구를 3루수 요하네스 페데즈가 한 번에 포구하지 못하면서 내야 안타를 허용했지만 2번 타자 레오스 마틴을 삼진으로 잡아낸 뒤 3번 타자 로베르토 카노를 더블플레이로 유도하며 이닝을 끝마쳤다.

투구 수는 단 8개.

이닝당 평균 투구 수가 9.14구까지 줄어들었다.

"12개. 그 안에 끝내자."

숨 돌릴 새도 없이 마운드에 오른 오타니 쇼헤는 마음을 다잡았다.

지금까지 투구 수는 93구. 8회 등판이 가능하려면 105구 이내에서 이번 이닝을 끝마쳐야 했다.

때마침 선두 타자로 3번 타자 요하니스 페데즈가 들어왔다.

오타니 쇼헤가 힘껏 투수판을 밟았다. 베드 볼 히터에 가까운 요하니스 페데즈는 눈에 들어오는 공에는 전부 방망이를 휘둘렀다. 그런 성격을 역으로 이용한다면 힘들이지 않고 범타로 잡아낼 수 있다고 여겼다.

포수 마이크 주노도 바깥쪽으로 흘러나가는 슬라이더를 요구했다. 앞선 타석 때 요하니스 페데즈가 슬라이더를 노렸으니 미끼로 활용하자는 이야기였다.

오타니 쇼헤는 힘껏 고개를 끄덕였다. 그리고 악 하는 기합을 내지르며 있는 힘껏 공을 내던졌다.

후아앗!

패스트볼처럼 날아들던 공이 마지막 순간에 홈 플레이트

바깥쪽으로 꺾여 나갔다. 하지만 요하니스 페데즈는 제자리에서 꿈쩍도 하지 않았다. 슬라이더는 안중에도 없다는 것처럼 말이다.

'뭐지? 벤치에서 사인이 나왔나?'

마이크 주노는 다시 바깥쪽 슬라이더 사인을 냈다. 공 하나만으로는 요하니스 페데즈의 노림수를 파악하기가 쉽지 않았다.

오타니 쇼헤는 이번에도 고개를 주억거렸다. 대신 마이크 주노의 사인보다 조금 더 안쪽으로 슬라이더를 집어넣었다. 요하니스 페데즈가 지켜본다 하더라도 스트라이크 판정을 받을 수 있도록 말이다.

그때였다.

따악!

요하니스 페데즈가 기다렸다는 듯이 방망이를 휘돌렸다. 그리고 방망이 끝에 걸린 타구가 정확하게 3루수 정면으로 날아갔다.

3루수 코일 시거는 자세를 낮추며 포구 준비를 했다. 그런데 마지막 순간에 튀어 오른 공이 포구 지점보다 조금 더 높이 튀어 올랐다.

"윽!"

코일 시거가 반사적으로 글러브를 들어 올렸지만 공은 잡

히지 않았다. 오히려 코일 시거의 글러브를 타고 사각 지대
로 흘러 버렸다.

그사이 1루를 지난 요하니스 페데즈가 2루까지 내달렸다.
좌익수 제이크 피노가 다급히 2루로 공을 던졌지만, 그보다
요하니스 페데즈의 발이 더 빨랐다.

"세이프!"

2루심이 양팔을 벌리자 양키즈 스타디움이 떠나갈 듯 함
성이 터져 나왔다.

"페데즈! 이 자시이익!"

"드디어 해냈구나아아!"

양키즈 팬들은 얼싸안고 기뻐했다. 4번 타자 그린 버드 앞
에서 주자가 2루까지 나갔으니 선취점은 확실하다고 여겼다.

'승부하면 안 돼.'

잠시 고심하던 마이크 주노는 오타니 쇼헤에게 그린 버드
를 거르자고 제안했다.

앞선 타석에서 더스티 애클리가 빠지고 메스 윌리암스가
들어왔다. 주전에서 밀려나 백업을 전전하고 있는 메스 윌리
암스라면 오타니 쇼헤가 충분히 잡아낼 것이라 여겼다.

하지만 8회 등판을 염두에 두고 있는 오타니 쇼헤는 여기
서 투구 수를 낭비하고 싶지 않았다.

'잡을 수 있어.'

오타니 쇼헤가 고개를 저었다. 마이크 주노가 재차 사안을 보냈지만 마찬가지였다.

답답한 마음에 마이크 주노가 더그아웃을 바라봤다. 하지만 매리너스 벤치에서도 별다른 사인이 나오지 않았다. 분위기가 분위기다 보니 쉽게 작전을 내지 못하는 것이다.

"후우⋯⋯."

길게 숨을 내쉬며 마이크 주노가 몸 쪽을 파고드는 커브볼을 요구했다. 타석에 들어선 그린 버드가 왠지 패스트볼에 초점을 두고 있다는 느낌이 들었다.

사인을 받은 오타니 쇼헤는 한참 동안 공을 쥐고 서 있었다. 구종이 커브볼이다. 조금만 삐끗했다간 장타로 이어질 가능성이 컸다.

'못 쳐. 못 칠 거야.'

투수판에서 두 번이나 발을 뺀 뒤에야 오타니 쇼헤는 공을 힘껏 움켜쥐었다. 그리고 마이크 주노의 미트를 향해 힘껏 공을 내던졌다. 타이밍을 놓친 그린 버드가 멍하니 공을 지켜보길 바라며.

그러나 정작 그린 버드는 커브인 걸 확인하기가 무섭게 망설이지 않고 방망이를 휘돌렸다.

따악!

묵직한 타격음이 경기장에 울려 퍼졌다. 그와 동시에 오타니 쇼헤가 고개를 떨어뜨렸다.

굳이 타구를 지켜보지 않아도, 소리만 들어도 알 수 있었다.

"크아아악!"

오타니 쇼헤가 그 자리에서 악을 내질렀다. 그사이 센터 쪽으로 쭉쭉 뻗어 나간 타구가 그대로 담장을 넘어가 버렸다.

─그린 버드! 홈런입니다! 0 대 0의 균형을 깨뜨립니다!

─정말 대단한 홈런입니다. 전광판 옆 담장을 가뿐히 넘겨 버렸습니다.

─비거리가 엄청 나올 것 같은데요?

─그 비거리만큼 양키즈는 챔피언십 시리즈에 가까워졌습니다.

양키즈 중계석에서는 일찌감치 승리를 확신했다. 한정훈이 마운드에서 버티고 있는데 2점을 먼저 뽑았으니 경기가 끝난 거나 다름없다고 여겼다.

양키즈 스타디움도 환호성으로 들썩거렸다. 그린 버드가 다이아몬드를 돌아 더그아웃으로 들어갈 때까지 팬들은 그린 버드의 이름을 높이 불렀다.

"잘했어, 그린."

한정훈도 자리에서 일어나 그린 버드에게 주먹을 내보였다.

"오늘 경기를 끝내줘, 에이스."

그린 버드가 주먹을 부딪치며 말했다. 그토록 기다리던 점수를 뽑아냈으니 이제 남은 건 한정훈이 경기를 마무리 짓는 것뿐이었다.

"오늘 경기는 내가 끝낼 거야."

한정훈도 단단히 고개를 끄덕였다. 5전 3선승제로 치러지는 디비전시리즈의 첫 경기였다.

앞으로의 일정을 고려해서라도 불펜진에 짐을 떠넘길 생각은 없었다.

그런 한정훈의 의지가 매리너스의 스캇 서바이브 감독에게까지 전해졌다.

"오타니 쇼헤를 바꿔줘야 할 것 같습니다."

"바꿔? 누구랑 바꿔?"

"지금부터 불펜 투수를 준비시키면……."

"1 대 0도 아니고 2 대 0이야. 이미 경기 끝났다고. 그런데 여기서 불펜을 소모시키자고? 제정신이야?"

"하지만……."

"됐어. 불펜 투입은 9회야. 8회까지는 오타니 쇼헤에게 책임지라고 해."

스캇 서바이브 감독은 기가 꺾인 오타니 쇼헤를 그대로 마운드에 내버려 뒀다. 선취점을 뽑아도 시원찮은 상황에서 먼저 실점을 내줬다. 분위기상 오늘 경기를 뒤집을 가능성은 없다고 여겼다.

스캇 서바이브 감독의 뜻을 전해 들은 오타니 쇼헤는 이를 악물고 공을 내던졌다. 하지만 지칠 대로 지쳐 버린 오타니 쇼헤의 공은 더 이상 위협적이지 않았다.

-쳤습니다! 카일 스위버의 타구가 좌중간을 꿰뚫습니다!

-제이크 햄튼! 2루를 돌아 3루까지! 3루에서 다시 홈으로 내달립니다!

-공이 홈으로 중계되는데요!

-제이크 햄튼! 제이크 햄튼! 세이프! 세이프입니다. 구심 세이프를 선언합니다!

메스 윌리엄스를 가까스로 잡아낸 오타니 쇼헤는 제이크 햄튼을 몸에 맞는 공으로 출루시켰다. 이후 7번 타자 카일 스위버에게 3루타를 허용하며 추가로 한 점을 더 내줬다.

8번 타자 아담 앤더슨과 9번 타자 로비 래프스나이더를 각각 유격수 플라이와 중견수 플라이로 돌려세우며 이닝을 마쳤지만, 그때는 이미 120구에 가까워진 상태였다.

"허억. 허억."

완전히 방전되어 버린 오타니 쇼헤가 거칠게 숨을 몰아쉬었다.

그 모습을 힐끔 바라본 스캇 서바이브 감독이 어쩔 수 없다는 표정을 지었다.

"불펜 준비시켜."

"알겠습니다."

생각보다 일찍 불펜을 가동하게 된 스캇 서바이브 감독은 8회 초 공격에서 중심 타자들이 최대한 시간을 끌어주길 바랐다.

4번 훌리오 마르테스부터 코일 시거, 지크 몬테로까지 한정훈에게 꽁꽁 묶여 있지만, 마지막 타석인 만큼 중심 타자로서 가치를 증명해 주길 기대했다.

그러나 8회 초, 마운드에 오른 한정훈은 매리너스의 중심 타자를 공 6개로 처리하고 이닝을 마쳤다.

4번 타자 훌리오 마르테스 1루수 앞 땅볼 아웃.

5번 타자 코일 시거 좌익수 플라이 아웃.

6번 타자 지크 몬테로 3루수 직선타 아웃.

세 타자 모두 오늘 경기 처음으로 한정훈의 공을 제대로 맞혀냈다. 하지만 마치 누군가의 농간처럼 타구들은 전부 야수 정면으로 향하고 말았다.

"끝났군."

혹시나 하는 기대감을 가지고 경기를 지켜봤던 스캇 서바이브 감독이 고개를 절레절레 흔들어댔다.

양키즈 스타디움까지 찾아왔던 매리너스 응원단도 고개를 숙이고 경기를 외면해 버렸다.

그렇게 양키즈와 매리너스의 디비전시리즈 1차전은 3 대 0, 양키즈의 승리로 끝이 났다.

123장
월드 시리즈를 향해(2)

"오타니 쇼헤는 최선을 다했습니다. 단지 오늘 양키즈의 선발이 한정훈이라는 게 아쉬울 따름입니다. 분위기를 잘 수습한 뒤 내일 경기에 대비하도록 하겠습니다."

　스캇 서바이브 감독의 인터뷰는 무덤덤했다. 1차전에서 한정훈을 만났고 예상대로 졌으니 특별히 할 말이 없다는 반응이었다.

　반면 조지 지라디 감독은 한정훈을 칭찬하느라 정신이 없었다.

　"오늘 경기야말로 한정훈의 진가가 여실히 드러난 경기였다고 생각합니다. 매번 하는 말이지만 한정훈은 정말 책임감 넘치는 투수입니다. 3 대 0의 리드라면 불펜에 마운드를 넘기고픈 마음이 드는 게 당연한데도 홀로 경기를 책임졌습니다. 덕분에 우리는 조금 더 편한 마음으로 내일 경기에 임할 수 있게 됐습니다."

매리너스는 2차전 선발로 타이언 워커를 예고했다. 92년생 우완 투수로 올 시즌 14승을 거두며 리틀 킹 펠릭스라는 꼬리표를 완전히 떼버렸다는 평가를 받고 있었다.

이에 맞서는 양키즈의 선발은 하리모토 쇼타. 18승에 평균자책점 2.25를 기록하며 한정훈과 함께 2년 차 징크스를 무시한 시즌 성적을 거두고 있었다.

"1차전의 여파가 큽니다. 하리모토 쇼타의 최근 페이스도 좋고요."

"조지 지라디 감독은 오늘 경기를 위해 시즌 마지막 경기에서 하리모토 쇼타를 결장시켰습니다. 아마 체력적으로 충분히 준비되어 있을 겁니다."

"경험만 놓고 보자면 타이안 워커가 조금 더 낫겠죠. 하지만 2선발의 중책을 소화해 낸 건 하리모토 쇼타가 먼저입니다."

"2차전에서 반드시 팀을 승리로 이끌어야 하는 타이안 워커와 1차전에 지더라도 마음이 편한 하리모토 쇼타의 대결입니다. 둘의 실력이 엇비슷하다면 결국 심리적인 요인이 승패를 가를 겁니다."

전문가들은 대부분 하리모토 쇼타의 승리를 점쳤다.

단순히 두 투수의 맞대결만 놓고 보자면 백중세로 봐 줄 만했지만 1차전 승리로 양키즈가 분위기를 잡았다는 점을 주목했다.

실제로 경기장에 들어서는 두 팀의 표정은 전혀 달랐다.

"어제 경기 봤어?"

"화이트삭스 장난 아니던데? 7 대 7까지 따라붙는 거 보고 놀랐다니까?"

"레인저스가 이기긴 했지만, 홈경기인 거 감안하면 잘했다는 느낌은 안들 던데?"

"그러니까. 레인저스가 올라오길 바랐는데 어쩌면 화이트삭스가 이길지도 모르겠어."

양키즈 더그아웃은 화이트삭스와 레인저스 간 디비전시리즈 1차전 이야기로 떠들썩했다.

자신들도 디비전시리즈를 치르는 입장이었지만 누구 하나 오늘 경기에 대한 부담감을 토로하지 않았다.

에이스 한정훈의 호투 속에 1차전을 챙겼다. 그리고 그 한정훈이 4차전에 다시 한 번 등판할 예정이었다.

2차전과 3차전. 남은 2경기 중 한 경기만 이기더라도 양키즈의 챔피언십 시리즈 진출은 확정적이었다.

뉴욕 언론에서도 양키즈가 디비전시리즈에서 탈락할 가능

성은 10% 미만으로 보았다.

반면 매리너스 더그아웃의 분위기는 무거웠다. 다들 내색하진 않았지만, 오늘 경기가 주는 중압감에서 좀처럼 벗어나지 못하고 있었다.

한정훈이 4차전에 등판한다고 가정했을 때 매리너스는 2차전과 3차전을 전부 잡아야 했다.

3차전 선발이 다나카 마스히로일지, 아니면 테너 제이슨일지는 아직 결정되지 않았지만, 와일드카드 결정전에서 좋은 경기력을 보여주었던 킹 펠릭스, 펠릭스 에르난데르가 나선다면 승산은 충분했다.

문제는 2차전. 한정훈에게 가려지긴 했지만, 리그 최고의 2선발로 불리는 하리모토 쇼타를 넘지 못한다면 매리너스의 챔피언십 시리즈 진출은 어려워질 수밖에 없었다.

"워커! 긴장하지 마. 정규 시즌이라고 생각하고 침착하게 던지라고. 내 말 무슨 뜻인지 알겠어?"

스캇 서바이브 감독은 분위기에 짓눌려 있는 타이안 워커를 독려했다. 타이안 워커가 느낄 부담감을 모르는 바는 아니지만, 오늘 경기만큼은 어떻게든 잡아내고 싶었다.

"하리모토 쇼타도 부담스럽긴 마찬가지일 거야. 그러니까 긴장하지 마."

포수 마이크 주노다 타이안 워커를 다독였다. 긴장만 하지 않는다면 오타니 쇼헤 못지않은 구위를 자랑하는 게 바로 타이안 워커였다.

하지만 이 같은 노력은 하리모토 쇼타가 1회 초를 세 타자 연속 삼진으로 틀어막으면서 수포로 돌아갔다.

"후우……."

예상을 뛰어넘는 하리모토 쇼타의 호투에 타이안 워커는 몸이 굳어졌다.

자연스럽게 공이 높아졌고 1번 타자 브라이언 리와 2번 타자 비비 그레고리우스를 사사구로 출루시키고 말았다.

무사 1, 2루 선취점의 기회에서 타석에 들어선 요하니스 페데즈는 타이안 워커의 3구째 포심 패스트볼을 잡아당겨 담장 밖으로 넘겨 버렸다.

투 볼 이후 타이안 워커가 스트라이크를 잡기 위해 던진 공이 하필이면 몸 쪽 높은 코스로 들어와 버린 것이다.

뒤이어 타석에 들어선 그린 버드와 제이크 햄튼도 연속 2루타를 때려내며 타이안 워커를 흔들어 놓았다.

"하아, 미치겠군."

고심 끝에 스캇 서바이브 감독은 1회 초에 투수를 교체했다. 부담감을 이겨내지 못하고 자멸한 타이안 워커에게 더는 경기를 맡겨둘 수가 없었다.

다행히도 타이안 워커에 이어 마운드에 오른 제임스 팩턴이 아웃 카운트 세 개를 잡아내며 더 이상의 추가점은 내주지 않았다.

이후에도 제임스 팩턴은 6회까지 양키즈 타선을 꽁꽁 틀어막았다. 피안타 3개와 사사구 1개를 내줬을 뿐 실점은 허용하지 않았다.

덕분에 6회까지의 실점은 스캇 서바이브 감독이 예상했던 3점보다 한 점 많은 정도로 그칠 수 있었다.

그러나 애석하게도 타자들이 점수를 뽑아내지 못하면서 경기는 양키즈 쪽으로 기울어 버렸다.

하리모토 쇼타에게 최소 두 점 이상은 뽑아줄 것이라 기대했는데 타자들이 집단 침체에 빠져 버린 것이다.

설상가상 하리모토 쇼타가 투구 수를 절약하며 8회까지 마운드에서 버티면서 2차전을 잡겠다는 스캇 서바이브 감독의 계획도 물거품으로 변해버렸다.

최종 스코어 5 대 0.

양키즈가 2승을 먼저 챙긴 가운데 디비전시리즈의 무대가 시애틀로 옮겨졌다.

[양키즈, 챔피언십 시리즈까지 단 1승 남아.]

[조지 지라디 감독, 3차전에서 디비전시리즈를 끝낼 것이라 선언!]

[한정훈 4차전 등판 이상 무. 매리너스 총력전을 펼쳐야 할 때.]

[ESPM 설문조사 결과 양키즈가 챔피언십 시리즈에 진출할 것이라는 응답률 97%.]

이동일 내내 언론들은 양키즈가 챔피언십 시리즈에 선착한 것처럼 떠들어 댔다.

아직 1승이 남았고 리버스 스윕도 얼마든지 가능한 시나리오였지만 그들 중 누구도 매리너스의 역전 우승을 언급하지 않았다.

매리너스 팬들조차 매리너스가 리버스 스윕을 달성할 것이라고 기대하지 않았다.

3차전은 모르겠지만 4차전은 한정훈이 나올 예정이었다.

조지 지라디 감독이 한정훈의 휴식일을 보장하기 위해 5차전으로 등판일을 변경한다 해도 달라질 건 없었다.

3, 4차전을 모두 잡을 수 있다는 보장도 없을 뿐만 아니라 설사 2승을 거둔다 한들 한정훈을 넘기란 망상에 가까워 보

였다.

ㄴ젠장. 시애틀 언론이 떠들어 대는 건 그냥 희망 고문일 뿐이라고.

ㄴ리버스 스윕 확률 자체가 턱없이 낮은데 한정훈까지 잡자고? 그 가능성이 존재하기는 하는 거야?

ㄴ어떤 포럼에 모 수학자가 그 확률을 계산하긴 했는데 기적이라는 표현으로도 부족한 숫자라던데?

ㄴ그냥 맘 편히 즐기라니까? 그리고 내년에는 제발 지구 우승하자. 그럼 챔피언십 시리즈까지는 기대할 수 있을 테니까.

궁지에 몰린 매리너스의 선택은 예상대로 펠릭스 에르난데르. 4선발인 제임스 팩턴을 2차전에 써버렸기 때문에 펠릭스 에르난데르 이외에 대안 자체가 없는 상황이었다.

반면 양키즈는 다나카 마스히로와 테너 제이슨을 놓고 한참 동안 고민하다가 다나카 마스히로를 선택했다.

다나카 마스히로가 세이프 필드에서 강한 면모를 보여주었기 때문이다.

3차전 등판을 위해 일찌감치 컨디션 조절에 나섰던 다나카 마스히로는 절규하듯 쏟아지는 매리너스 팬들의 함성에도 눈 하나 까딱하지 않았다.

한정훈과 하리모토 쇼타의 빠른 공에 고생한 매리너스 타자들에게 구석구석 유인구를 던지며 편하게 방망이를 이끌어냈다.

2회와 4회, 중심 타자들을 상대로 연속 안타를 허용하며 실점하긴 했지만, 다나카 마스히로는 조지 지라디 감독의 기대에 부응하는 피칭을 선보였다.

5.2이닝 7피안타 2실점.

양키즈 스타디움이었다면 기립 박수를 받을 만한 기록이었다.

큰 경기에 강한 펠릭스 에르난데르도 7이닝 동안 3피안타 2실점으로 양키즈 타자들을 억눌렀다.

4회 초 제이크 햄튼에게 투런 홈런을 얻어맞은 걸 제외하고는 이렇다 할 위기조차 만들지 않았다.

하지만 2 대 2의 균형은 펠릭스 에르난데르가 마운드를 내려가면서 곧바로 깨져 버렸다.

펠릭스 에르난데르에게 연속 삼진을 당했던 그린 버드가 바뀐 투수를 상대로 솔로 홈런을 때려낸 것이다.

승기를 쥔 조지 지라디 감독은 불펜진을 총동원했다. 남은 2이닝을 어떻게든 막아내기만 한다면 시리즈를 스윕하고 챔피언십 시리즈에 진출할 수 있었다.

한정훈도 자청해서 불펜 쪽으로 움직였다. 그 모습이 매리너스 선수들의 눈에도 들어왔다.

"뭐야? 설마 한정훈이 마무리로 나오는 거야?"

"젠장! 이건 얘기가 다르잖아!"

"한정훈이 나오기 전에 어떻게든 점수를 뽑아내야 해."

매리너스 타자들은 마음이 급해졌다. 그래서 제구가 잡히지 않은 로이 스튜어트의 공을 무턱대고 건드렸다.

덕분에 로이 스튜어트는 스트라이크 하나 던지지 않고 세 타자를 전부 땅볼로 돌려세울 수 있었다.

9회 말 상황도 별반 다르지 않았다. 혹시라도 한정훈이 등판할까 봐 타자들이 지레 겁을 먹고 서두르면서 라몬 에르난데스는 마음 편히 포스트시즌 첫 세이브를 챙기게 됐다.

최종 스코어 3 대 2.

양키즈가 3차전도 승리하면서 매리너스를 제치고 챔피언십 시리즈에 선착했다.

경기 MVP는 한정훈이 차지했다. 홈런 두 방으로 두 개의 결승타를 기록한 그린 버드가 유력한 대항마로 꼽혔지만 1차전을 압도하며 시리즈의 향방을 결정지은 한정훈의 강렬한

퍼포먼스를 따라잡지는 못했다.

"디비전시리즈의 MVP는 제가 아니라 양키즈가 받아야 할 것 같습니다. 오늘은 동료들과 맘껏 즐기겠습니다. 그리고 내일부터 챔피언십 시리즈를 준비하도록 하겠습니다."

한정훈은 언제나처럼 모든 영광을 동료들과 함께했다. 그러면서 챔피언십 시리즈에서도 승리해 월드 시리즈에 진출하겠다는 의지를 보였다.

그날 밤, 양키즈 코칭스태프와 선수들은 호텔에서 광란의 파티를 즐겼다.

작년에 아쉽게 놓쳤던 챔피언십 시리즈 진출을 이뤄냈다는 사실에 기뻐하며 다들 코가 삐뚤어질 때까지 마시고 즐겼다.

그리고 다음 날이 되자 선수들은 반쯤 취한 얼굴로 양키즈 스타디움으로 모여들었다.

조지 지라디 감독이 하루의 휴식을 줬지만, 누구 하나 빠지지 않았다.

오늘부터 챔피언십 시리즈를 준비하겠다던 한정훈의 인터뷰를 모두가 함께 들었기 때문이다.

"정훈은 어디 있지?"

제이크 햄튼이 운동장을 두리번거렸다. 그러자 테너 제이슨이 불펜 쪽으로 손가락을 가리켰다.

"저기 있다. 벌써 러닝을 준비하나 본데?"

"젠장. 난 왠지 뛰면 안 될 거 같은데."

"속이 안 좋은 건 나도 마찬가지야. 정말 좀 쉬고 싶다고."

비비 그레고리우스와 요하니스 페데즈가 앓는 소리를 냈다. 한정훈의 인터뷰에 감화되어 경기장에 오긴 했지만 아직술이 깨지 않은 상태였다. 이대로 체력 좋은 한정훈을 따라뛰는 건 무리였다.

하지만 모든 선수가 몸을 가누지도 못할 만큼 취했던 건아니었다.

"쉴 사람은 쉬어. 난 뛸 테니까. 대신 도망치려면 얼굴을감추는 게 좋을 거야. 사방에 기자들이 깔렸으니까."

준비를 마친 그린 버드가 재빨리 그라운드로 뛰어들었다.그 뒤로 테너 제이슨과 로비 래프스나이더가 따라붙었다.

"크으, 이렇게 되면 안 뛸 수가 없잖아!"

"이럴 줄 알았으면 얼굴에 크림이라도 바르고 오는 건데!"

나머지 선수들도 마지못해 러닝에 동참했다. 그 과정에서수많은 선수가 화장실로 뛰어갔다가 되돌아오길 반복했다.

그 모습이 어찌나 우습던지 기자들은 시종일관 웃음을 참지 못했다.

"미련해서 못 봐주겠네. 술을 그렇게 퍼마시고 왜 저렇게뛰는 거야?"

기자 중 하나가 혀를 찼다. 주량이 강하기로 유명한 제이크 햄튼은 벌써 세 번째 화장실을 들락거리고 있었다. 저러다가 경기 전에 탈이라도 날까 봐 걱정이었다.

그러자 옆에 있던 기자가 빙긋 웃어 보였다.

"난 보기 좋은데?"

"저게? 저게 보기 좋다고?"

"뭐 어때? 고작 하루 과음 좀 한 걸로 비실거릴 선수는 양키즈에 없다고."

"하아, 어쨌든 저건 바보 같은 짓이야. 조지 지라디 감독이 휴식을 줬잖아?"

"하지만 에이스는 오늘도 묵묵히 훈련하고 있지."

"그건 한정훈이 별종인 거고. 솔직히 한정훈은 지독한 연습 벌레니까."

한정훈의 연습량은 양키즈 전담 기자들 사이에서 유명했다.

오죽하면 한정훈과 인터뷰하기 위해서는 그라운드에 가는 게 가장 빠르다는 말이 나돌 정도였다.

몇몇 기자는 한정훈과 축구계의 슈퍼스타 크리스타이누 로날도를 비교하기도 했다.

엄청난 재능을 가졌음에도 불구하고 누구보다 열심히 노력하며 최정상의 자리를 지키고 있는 모습이 똑 닮았기 때문이다.

하지만 한정훈은 단지 자신만을 위해 그라운드를 도는 게 아니었다. 단순히 러닝 훈련을 하고 싶었다면 집 주변 산책로에서 얼마든지 뛸 수 있었다.

"저건 일부러 뛰는 거야."

"일부러? 대체 왜?"

"모두에게 경각심을 주기 위해서지."

"경각심?"

"그래, 한정훈은 한국에서 3년 연속 팀의 우승과 한국 시리즈 우승을 이끌었어. 거기에 일본 팀과의 아시아 시리즈까지 석권했지. 이 기록은 한국 최초야. 비록 아시아에 한정된 기록이라 하더라도 이 정도 커리어를 가지고 있는 선수는 양키즈에 없다고."

한정훈이 오기 전까지 양키즈는 암흑기에 빠져 있었다. 2015년 이후 7년 동안 포스트시즌은 구경조차 하지 못했다.

그 과정에서 대부분의 베테랑이 은퇴하거나 팀을 옮겼다. 그리고 그들의 빈자리를 젊은 선수들이 채워 나갔다.

현재 양키즈의 주전급 선수 중 양키즈 왕조를 직간접적으로 경험했던 이들은 아무도 없었다. 그렇다 보니 포스트시즌에 대한 경험 자체가 부족한 상황이었다.

"그러니까 한정훈이 다른 선수들이 디비전시리즈 승리에 들뜰까 봐 일부러 저러는 거란 말이지?"

"그래, 디비전시리즈와 챔피언십 시리즈는 엄연히 다르다고. 디비전시리즈가 예선이라면 챔피언십 시리즈는 아메리칸리그 최강 팀을 가리는 본선이잖아."

"하긴, 7전 4선승제면 한정훈의 활용도도 복잡해질 수밖에 없어. 무리해서 1, 4, 7차전을 등판시킬 수는 있겠지만 월드 시리즈까지 감안하면 한정훈을 혹사시키는 게 최선은 아닐 테지."

대다수 언론이 양키즈가 디비전시리즈의 승자가 될 것이라 예측한 가장 큰 이유는 5전 3선승제라는 시스템 때문이었다.

3경기만 먼저 이기는 시리즈에서 리그 최고의 투수인 한정훈을 두 차례 내보낼 수 있다는 것만으로도 양키즈의 챔피언십 진출 가능성은 클 수밖에 없었다.

하지만 7전 4선승제로 치러지는 챔피언십 시리즈는 달랐다. 한정훈이 디비전시리즈처럼 두 경기를 책임져 준다면 나머지 두 경기는 자력으로 승리를 따내야 했다.

물론 한정훈이 1차전과 4차전, 7차전에 등판하는 시나리오가 불가능한 건 아니었다.

그러나 그건 어디까지나 최악의 방법이었다. 에이스인 한정훈을 사흘 휴식 후 연속 등판시킨다는 건 월드 시리즈 진출을 위해 한정훈을 희생시키겠다는 말이나 다름없었다.

월드 시리즈 일정을 생각한다면 한정훈을 희생시켜 올라가는 것도 최선은 아니었다.

챔피언십 시리즈 7차전이 끝나면 이틀 휴식 후 곧바로 월드 시리즈 1차전이 열린다. 한정훈을 7차전에 내세우면 절대로 월드 시리즈 1차전에 선발 등판시킬 수 없었다.

만약 한정훈을 1, 4, 7차전에 기용하는 강수를 두어야 한다면 그 무대는 챔피언십 시리즈가 아니라 월드 시리즈여야 했다.

그러기 위해서라도 처음으로 챔피언십 시리즈를 경험하게 된 양키즈 선수들이 제대로 된 각오를 다져줘야 했다.

"어쨌든 한정훈 덕분에 기삿거리는 많아져서 좋아."

"그러게. 일단 잘 포장해 보자고. 팬들도 선수들이 노력한다는 건 알아줘야 하니까."

기자들이 부지런히 카메라 셔터를 눌렀다. 그럴 때마다 헛구역질을 해대던 선수들이 언제 그랬냐는 것처럼 표정을 고쳐 잡았다.

그렇게 한정훈의 주도로 시작된 각오 다지기 훈련은 챔피언십 시리즈 이틀 전까지 이어졌다. 그리고 훈련을 마무리 지을 때쯤 양키즈의 챔피언십 시리즈 상대가 결정됐다.

[레인저스, 화이트삭스 물리치고 챔피언십 시리즈 진출!]
[양키즈 vs 레인저스! 리벤지 매치 성사!]

2년 연속 아메리칸리그 서부 지구 1위를 수성한 레인저스의 저력은 무서웠다.

1차전 승리 이후 2, 3차전을 내리 내주며 위기에 처했지만 4차전을 연장 접전 끝에 잡아낸 데 이어 5차전에서도 패색이 짙던 경기를 8회 말 뒤집으며 기어코 챔피언십 시리즈 진출권을 손에 쥐었다.

레인저스의 제크 배니스터 감독은 포기하지 않고 최선을 다한 선수들에게 고맙다며 양키즈를 꺾고 기어코 월드 시리즈에 진출해 보겠다고 포부를 밝혔다.

하지만 5차전 직후 시행된 여론조사 결과 레인저스의 우세를 점친 야구팬은 그리 많지 않았다.

콕스 TV 설문조사 결과 양키즈 67%, 레인저스 23%.

ESPM 설문조사 결과 양키즈 62%, 레인저스 25%.

메이저리그 홈페이지 설문조사 결과 양키즈 64%, 레인저스 24%.

심지어 레인저스 홈페이지 설문조사에서도 레인저스가 월드 시리즈에 진출할 거라는 항목의 응답률은 15%에 지나지 않았다.

레인저스 팬들도 모였다 하면 월드 시리즈 진출 가능성을 두고 걱정을 늘어놓았다.

└레인저스는 힘들어. 5차전까지 오면서 투수들을 너무 많이 혹사시켰다고.

└타격만 놓고 보자면 레인저스의 압승이지. 근데 1, 2차전은 한정훈과 하리모토 쇼타잖아. 올 시즌 둘을 상대로 레인저스는 별 재미 못 봤다고.

└한정훈은 어렵겠지만 하리모토 쇼타는 가능하지 않을까? 하리모토 쇼타도 두 경기에 나와 승리 없이 물러났는데.

└하리모토 쇼타도 두 경기에서 5점밖에 내주지 않았다고. 그리고 그 당시 양키즈 타선이 내리막길이었어. 한창 좋을 때 맞붙는다면 승리를 장담 못 해.

레인저스의 가장 큰 고민은 역시나 투수력이었다. 에이스 다르비스 유가 아직 건재하긴 하지만 그 뒤를 받쳐 줄 만한 투수가 없었다.

마흔을 넘긴 콜 헤먼스는 5이닝 이상을 맡기기 어려웠다.

마틴 페레이즈도 생각만큼 성장해 주지 못하고 있었다.

그렇다고 2년 차인 리키 몬데스나 올해 메이저리그 풀타임을 치른 크리스 영에게 선발 자리를 맡길 수도 없는 노릇이었다.

반면 양키즈는 한정훈-하리모토 쇼타라는 확실한 선발진을 구축하고 있었다.

거기다 3선발 옵션도 나쁘지 않았다. 시리즈가 6차전까지 진행된다면 다나카 마스히로와 테너 제이슨을 각각 한 경기씩 나눠 투입하는 게 가능했다.

"챔피언십 시리즈에서도 다르비스 유와 콜 헤먼스, 마틴 페레이즈가 차례대로 선발 등판할 예정입니다."

제크 배니스터 감독은 언론과의 인터뷰에서 디비전시리즈의 선발 로테이션을 그대로 활용하겠다는 뜻을 밝혔다.

코칭스태프와 밤샘 토의 끝에 나온 결론이었지만 결과적으로 달라진 건 없었다.

그렇다 보니 팬들의 불만이 곳곳에서 터져 나왔다.

└배니스터 감독은 대체 뭘 하자는 거야? 마틴 페레이즈라니! 디비전시리즈 3차전에서 무슨 짓을 했는지 벌써 잊어버린 거야?

└콜 헤먼스도 불안 불안해. 4회가 지나면 구위가 뚝뚝 떨

어지는 게 눈에 들어온다고.

ㄴ그렇다고 리키 몬데스를 쓸까? 크리스 영을 올려? 어쩔 수 없다고. 이게 레인저스의 현실이야.

ㄴ하아, 이건 진짜 파워볼을 긁는 심정이야. 과연 터질까? 정말 터져줄까?

ㄴ호들갑 떨지 말고 기다려 봐. 다르비스 유도 올해는 다를 거라고 했으니까 뭔가 보여주겠지.

모두의 기대 속에 양키즈 스타디움에서 챔피언십 시리즈 1차전이 열렸다.

양키즈의 선발 투수는 한정훈. 이에 맞서 레인저스는 다르비스 유를 등판시켰다.

본래 제크 배니스터 감독은 한정훈의 맞상대로 콜 헤먼스를 생각했다.

계획대로 화이트 삭스와의 디비전시리즈를 3승 1패로 가져갔다면 2선발 콜 헤먼스와 1선발 다르비스 유의 순번을 맞바꾸는 게 가능했다.

하지만 시리즈가 5차전까지 이어지고 불펜들을 전부 쏟아부으며 어렵게 챔피언십 시리즈에 오르면서 챔피언십 시리즈를 위해 준비했던 모든 계획이 수포로 돌아가 버렸다.

그 부담감이 레인저스 더그아웃을 넘어 텍사스 지역 기자들에게까지 전해졌다.

"오늘 어떻게든 이겨야 하는데……."

"그러게 말이야. 오늘 다르비스 유가 무너진다면 챔피언십 시리즈는 승산이 없다고."

"그냥 한 경기 포기하고 리키 몬데스나 크리스 영을 등판시키는 게 나았을 텐데."

"나도 그 생각 안 해본 건 아닌데…… 불펜 상황이 좋지 않으니까 어쩔 수 없지. 오늘 경기까지 총력전으로 나간다면 남은 시리즈를 감당할 수가 없다고."

레인저스 전담 기자들의 표정은 어두웠다. 디비전시리즈에서 누가 올라가든 4차전에서 끝내지 못하면 승자의 저주에 빠질 거라던 언론들의 지적이 정확하게 맞아떨어지고 있었다.

그나마 다행인 건 4차전과 5차전을 통해 타자들이 살아났다는 점이다. 특히나 중심 타자들이 제 몫을 해주고 있었다.

뉴욕 언론에서조차 레인저스 타선을 무시해서는 안 된다고 경고했다. 연달아 두 경기를 뒤집고 기적을 만들어낸 레인저스 타자들이 한정훈이라는 거대한 산도 무너뜨릴지 모른다고 걱정한 것이다.

하지만 한정훈이 마운드에 오르고 레인저스의 세 타자를

연속 삼진으로 잡아내자 레인저스 전담 기자들의 얼굴은 절
망으로 물들어 버렸다.

"젠장! 뭐가 혹시 모른다는 거야?"

"저걸 어떻게 치라고? 전광판 봤어? 또 105마일이야."

"하아…… 이건 반칙이야, 반칙이라고."

"한정훈의 공을 긴드리지도 못하고 있어. 이런 분위기라
면…… 오늘 경기는 보나 마나야."

다르비스 유도 1회 말 양키즈 타자들을 삼자범퇴로 돌려
세웠지만, 레인저스 전담 기자들의 굳은 얼굴은 풀어지지 않
았다.

한정훈이 공 10개로 세 타자를 삼진으로 돌려세웠지만 다
르비스 유는 17개의 공을 던지며 힘겹게 세 타자를 상대했기
때문이다.

구속은 물론이고 구위와 로케이션, 경기 장악 능력까지 모
든 면에서 다르비스 유는 한정훈의 상대가 되지 않았다.

다르비스 유가 올 시즌에도 14승을 거두며 에이스로서 제
몫을 다해줬지만, 한정훈 앞에서는 도저히 에이스처럼 보이
질 않았다.

그 차이는 이닝이 거듭될수록 벌어졌다.

-한정훈! 노마 마자까지 삼진으로 돌려세웁니다. 벌써 9

타자 연속 탈삼진인데요.

　-완벽한 피칭입니다. 노마 마자가 숨 돌릴 틈조차 주지 않았습니다.

　-3회까지 투구 수가 29구밖에 되지 않았습니다. 2번 타자 루그네스 오도어와 6번 타자 조 마이어에게만 공 4개를 던졌고 나머지 타자들은 3구 삼진으로 잡아냈습니다.

　-참고로 여러분께서는 아메리칸리그 우승팀을 가리는 아메리칸리그 챔피언십 시리즈 1차전을 보고 계십니다. 저희 멘트가 이해가 가지 않는다면 간단하게 생각하십시오. 오늘 양키즈의 선발은 한정훈입니다. 그리고 오늘 한정훈은 상당히 컨디션이 좋아 보입니다.

　콕스 TV 중계진의 극찬 속에 한정훈인 3회까지 9타자를 연속 삼진으로 돌려세우며 레인저스 타선의 숨통을 틀어막았다.

　올 시즌 레인저스 우승의 선봉에 섰던 딜라이노 드실즈-루그네스 오도어 테이블 세터는 물론이고 합작 100홈런을 때려낸 중심 타선조차 한정훈의 공에 제대로 반응하지 못했다.

　반면 다르비스 유는 2회와 3회 각각 안타 1개와 사사구 1개를 내주며 고전했다.

위기 때마다 결정구인 슬라이더가 먹히면서 점수를 내주지는 않았지만, 전체적으로 아슬아슬한 분위기가 이어졌다.

그래서인지 양키즈 타자들도 자신감 있게 방망이를 휘둘러 댔다.

"7회, 아니, 6회까지라도 버텨야 하는데……."

제크 배니스터 감독의 표정은 불안함으로 가득했다.

고민 끝에 다르비스 유 카드를 꺼내든 건 경기 초반에 무너지지 않을 거라는 기대감 때문이었다.

만에 하나 다르비스 유가 6회 이전에 무너진다면 그 부담은 화이트삭스와의 디비전시리즈에서 고생한 불펜진이 짊어질 수밖에 없었다.

다르비스 유도 그러한 팀의 사정을 누구보다 잘 알고 있었다. 그래서 자존심을 내세우지 않고 포수 브렛 차일드의 리드를 전적으로 따랐다. 브렛 차일드가 요구하는 공을 어떻게든 던지려고 노력했다.

하지만 양키즈 타자들도 호락호락 물러서지 않았다.

퍼엉!

아슬아슬하게 들어오는 유인구를 최대한 골라내며 다르비스 유를 압박해 들었다.

전성기였다면 100마일에 가까운 포심 패트스볼을 내던져 타자를 힘으로 잡아냈겠지만 올 시즌 포심 패스트볼 평균 구속이 92mile/h(≒148.1㎞/h)까지 떨어져 버린 다르비스 유는 쉽게 정면 승부를 걸지 못했다.

그 결과, 5번 타자 제이크 햄튼과 6번 타자 더스티 애클리에게 연속 사사구를 내주고 말았다.

무사 1, 2루 상황에서 타석에 들어선 카일 스위버는 올 시즌 기대치를 밑돌았다는 뉴욕 언론의 평가에 항의하기라도 하듯 다르비스 유의 초구 슬라이더를 잡아당겨 오른쪽 담장을 넘겨 버렸다.

그리고 이 한 방으로 다르비스 유가 무너졌다.

제크 배니스터 감독의 배려 아닌 배려 속에 5회 까지 투구를 이어갔지만, 손에 든 기록지는 처참했다.

5이닝 11피안타 4사사구 8실점.

시즌 후반부터 지적됐던 체력적인 한계를 극복해 내지 못했다.

양키즈 타자들은 6회에도 5안타를 집중시키며 3점을 더 뽑아냈다.

"정훈, 수고했어."

점수 차이가 11점까지 벌어지자 조지 지라디 감독은 7회부터 불펜을 가동했다. 한정훈의 투구 수가 고작 59구밖에 되지 않았지만, 사흘 휴식 후 4차전에 등판해야 하는 일정을 고려했다.

"알겠습니다."

한정훈도 선선히 고개를 끄덕였다. 마음 같아선 9회까지 깔끔하게 마무리 짓고 싶었지만, 선수를 아껴야 하는 조지 지라디 감독이 입장도 충분히 이해가 갔다.

한정훈이 마운드에서 내려가자 레인저스 타자들도 기운을 냈다. 양키즈 불펜진을 상대로 7안타를 몰아치며 3점을 따라 붙었다.

그러나 그 정도로는 경기를 뒤집지 못했다. 게다가 양키즈 타선도 레인저스 타자들의 활약을 지켜보고 있지 않았다.

－그린 버드! 쳤습니다! 큽니다! 계속해서 날아갑니다!

－넘어갔네요. 이건 확실히 넘어갔습니다.

－홈런! 그린 버드가 두 명의 타자를 홈으로 불러들입니다!

－정말 대단하네요. 오늘 경기에서 벌써 6타점을 쓸어 담고 있습니다!

7회에 3점, 8회에 2점을 뽑아낸 양키즈는 화력에서 레드삭스를 압도하며 기분 좋은 첫 승을 챙겼다.

최종 스코어 16 대 3.

이견의 여지가 없는 양키즈의 완승이었다.

1차전의 분위기는 2차전까지 이어졌다.

양키즈 타자들은 레인저스 선발 콜 헤먼스를 5회에 강판시켰다.

3회까지는 콜 헤먼스의 노련한 피칭에 끌려다녔지만 4회에 4안타를 몰아쳐 2득점을 올린 뒤 5회에 다시 사사구 2개와 안타 3개를 묶어 3점을 추가했다.

콜 헤먼스가 강판당한 이후에도 매 이닝 득점 기회를 만들며 레인저스의 추격 의지를 꺾어버렸다.

반면 양키즈는 선발 하리모토 쇼타가 7이닝을 6피안타 3실점으로 틀어막고 팀의 승리를 이끌었다.

하리모토 쇼타에 이어 등판한 클레이 라이트가 조이 칼로에게 2점 홈런을 얻어맞긴 했지만 맬런 스미스와 라몬 에르난데스가 남은 아웃 카운트를 잡아내며 경기를 끝마쳤다.

최종 스코어 8 대 5.

전문가들의 예상대로 양키즈가 홈 2연전을 전부 쓸어 담았다.

124장
월드 시리즈를 향해(3)

[레인저스, 충격의 연패! 월드 시리즈 진출 빨간 불!]
[한정훈-하리모토 쇼타에게 완패! 마운드 보강 시급!]

텍사스로 향하는 이동일 내내 텍사스 언론들은 불만을 터 뜨렸다. 이대로 가다간 작년에 이어 올해도 월드 시리즈 진 출은 물 건너가게 될 것이라며 제크 배니스터 감독을 압박 했다.

하지만 제크 배니스터 감독도 할 말은 많았다. 마운드 개편 절호의 기회를 방해한 게 다름 아닌 언론이었기 때문 이다.

월드 시리즈 진출 실패 후 제크 배니스터 감독은 양키즈처럼 마운드를 리빌딩하고 싶어 했다.

에이스인 다르비스 유를 제외한 노장급 투수들은 정리가 필요하다고 여겼다.

특히나 계약 마지막 해인 콜 해먼스를 구단 옵트 아웃으로 계약 해지해야 한다고 판단했다.

그러나 언론은 리빌딩보다는 전력 유지를 통해 월드 시리즈 우승을 노려야 한다며 제크 배니스터 감독의 계획을 반대했다.

FA 시장에서 이렇다 할 성과를 거두지 못한 존 다니엘 단장도 리빌딩의 시기를 조금 더 미루자고 제크 배니스터 감독을 설득했다.

그 결과 레인저스는 시즌 막판 노장들의 체력 문제로 골머리를 썩여야 했다. 9월 로스터 확장이 없었다면 레인저스는 진즉 어슬레틱스에게 지구 1위 자리를 내주고 말았을 것이다.

그런데 인제 와서 마운드의 문제를 감독의 잘못인 양 떠들어 대다니. 그야말로 어불성설이었다. 언론들이 정말로 마운드가 강해지길 원했다면 스프링캠프 때 입을 다물고 있었어야 했다.

이미 챔피언십 시리즈 로스터는 제출됐다. 그리고 레인저스가 활용할 수 있는 최상의 선발 로테이션은 다르비스 유―

콜 해먼스-마틴 페레이즈 순서였다.

제크 배니스터 감독은 3차전 선발로 마틴 페레이즈를 등판시키겠다고 밝혔다.

올 시즌 마틴 페레이즈는 기대에 못 미치는 활약을 보여주었다. 가까스로 10승을 거두긴 했지만, 평균 자책점이 4.55나 됐다. 이닝 소화 능력도 부족해 3선발로서 제 역할을 전혀 하지 못했다.

하지만 마틴 페레이즈 이외에는 다른 대안이 없었다. 그렇다고 리키 몬데스나 크리스 영 같은 신인들을 꼭 이겨야 하는 3차전에 내세울 수도 없는 노릇이었다.

다행히 양키즈가 예고한 3차전 선발은 다나카 마스히로였다. 알링턴 파크에서 좋은 공을 던졌던 경험 많은 베테랑 투수지만 전성기가 지난 투수였다.

이제 막 전성기를 향해 올라가고 있는 테너 제이슨보다는 수월한 상대였다.

"3차전을 기필코 잡고 4차전에 한정훈을 끌어내야 해. 그래야 7차전까지 가더라도 승산이 있어."

제크 배니스터 감독은 마지막 챔피언십 시리즈의 종착역으로 7차전을 염두에 뒀다. 그리고 그 7차전에서 한정훈을 무너뜨릴 계획을 세웠다.

정규 시즌은 물론이고 포스트시즌에서도 압도적인 모습을

보여주고 있는 한정훈을 공략하는 가장 확실한 방법은 체력을 갉아먹는 것이다.

1차전에 등판한 한정훈이 사흘 쉬고 4차전에 오르고, 다시 사흘을 쉬고 7차전에 선발로 나선다면 체력적인 문제가 생길 수밖에 없었다.

제크 배니스터 감독은 그 틈을 비집고 들어가 볼 생각이었다.

13회 연장 승부로 치러진 3차전은 제크 배니스터 감독의 바람대로 레인저스의 승리로 끝이 났다.

장소가 바뀌어서인지 경기는 나름 팽팽하게 진행됐다. 양 팀 선발 투수는 약속이나 한 것처럼 6이닝 4실점 투구를 펼쳤고 이후 0의 행진이 계속되다가 13회 말 레인저스의 5번 타자 라이언 노아가 끝내기 홈런을 때려내며 경기에 마침표를 찍었다.

1승 2패.

홈에서 첫 승리를 챙긴 제크 배니스터 감독은 4차전 선발로 리키 몬데스를 선택했다. 한정훈이 4차전에 나서는 만큼 에이스인 다르비스 유 카드를 아끼겠다는 계산이었다.

그러자 조지 지라디 감독도 지지 않고 맞불을 놓았다.

"4차전 선발은 테너 제이슨입니다."

불펜 대기 중이던 테너 제이슨에게 4차전의 중책을 맡겼다.

이 같은 양 팀 감독의 투수 운용법을 두고 전문가들 사이에서도 갑론을박이 이어졌다.

"1차전 때 다르비스 유의 투구 수가 109구에 달했으니 사흘 휴식 후 등판은 애당초 무리였습니다. 반면 한정훈은 투구 수가 60개도 되지 않았습니다. 사흘 휴식 후 등판한다고 해도 체력적으로 큰 문제는 없었을 겁니다."

"제크 배니스터 감독은 1차전의 실패를 4차전에서 되풀이하고 싶지 않았을 겁니다. 그래서 한정훈이 등판하는 4차전을 과감하게 포기하고 다르비스 유로 하리모토 쇼타를 잡으려 한 거죠."

"다르비스 유와 하리모토 쇼타의 맞대결이라면 레인저스 입장에서도 충분히 해볼 만한 게임입니다. 콜 헤먼스와 다나카 마스히로의 매치도 마찬가지고요."

"그렇게 6차전까지 이기면 7차전에는 말 그대로 모든 걸 쏟아부을 계산이었을 겁니다. 두 경기 연속 사흘 휴식 후 등판하는 한정훈도 정상적이지는 않을 테니까요. 경우에 따라서는 레인저스가 이길 수 있다고 판단했을지 모릅니다."

"그런데 조지 지라디 감독이 4차전 선발로 테너 제이슨을 내세웠습니다. 제크 배니스터 감독의 의도대로 끌려가지 않겠다는 이야기인데요."

"양키즈는 선발진에 여유가 있으니까요. 설사 4차전에서 패배하더라도 5차전과 6차전에 한정훈과 하리모토 쇼타가 기다리고 있으니 할 만하다고 여겼을 겁니다."

"한정훈의 알링턴 파크에서 성적이 좋지 않다고 하지만 그래도 한정훈이니까요. 포스트시즌에서는 절대적으로 강한 모습을 보여주는 만큼 원정이라 해도 확실한 1승 카드인 건 틀림없습니다. 반면 하리모토 쇼타는 올 시즌 원정경기 성적이 별로 좋지 않았거든요."

"맞습니다. 한정훈이 5차전에 나오면 하리모토 쇼타는 자연스럽게 홈경기를 치르게 됩니다. 그 자체만으로도 양키즈의 승률은 상당히 높아지겠죠."

"어쩌면 조지 지라디 감독의 한정훈 5차전 카드가 즉흥적인 결정이 아닌 것일지도 모르겠습니다."

"두 감독 모두 지략가라는 이미지가 있으니까요. 그런 점에서 이번 4차전이 어떻게 진행될지 무척이나 궁금해집니다."

양 팀 신입급 투수들이 맞붙는 4차전을 놓고 야구 전문가들은 양키즈 보다는 홈경기를 치르는 레드삭스가 조금 더 유리할 것이라고 전망했다.

리키 몬데스는 알링턴 파크를 홈구장으로 쓰고 있었다. 반면 테너 제이슨은 알링턴 파크에서 공을 던진 적이 단 한 번도 없었다.

포스트시즌에서는 경험이 중요한 만큼 테너 제이슨이 초반에 일찍 무너질 가능성도 배제하지 않았다.

그러나 막상 뚜껑을 열자 경기 결과는 정반대로 나왔다.

홈구장의 이점을 누릴 것이라던 리키 몬데스는 1회에만 3개의 사사구를 내주고 무너졌다. 잔뜩 긴장한 탓에 제구가 잡히지 않았다. 공이 눈에 띄게 높아지니 볼카운트 싸움에서 타자들에게 이길 수가 없었다.

3이닝 5피안타 6사사구 7실점. 정규 시즌에서도 보여준 적이 없는 최악의 성적표 앞에 제크 배니스터 감독은 땅이 꺼져라 한숨을 내쉬어야 했다.

반면 올 시즌 14승을 거두며 화려한 비상에 성공한 테너 제이슨은 시종일관 자신감 넘치는 투구로 레인저스 타자들을 상대했다.

테너 제이슨이 중압감을 이기지 못하고 자멸할 거라 예상했던 레인저스 타자들은 8회까지 4안타 빈공에 시달렸다. 그나마 8회 말 조이 칼로가 솔로 홈런을 때려내며 영봉패는 면했지만 딱 거기까지였다.

최종 스코어 10 대 1.

홈에서 대패를 당한 레인저스의 분위기는 땅으로 떨어졌다. 설상가상 양키즈의 5차전 선발은 한정훈이었다.

ㄴ끝났어. 이제 한정훈이 나온다고.

ㄴ확률적으로 가능성은 남아 있다는 헛소리는 집어치워. 한정훈을 상대로 그딴 게 통할 거 같아?

ㄴ한정훈이 1차전에서 100개의 공을 던지고 사흘 쉬고 4차전에 등판했더라도 아마 공략하지 못했을 거야. 그런데 우리가 상대해야 할 한정훈은 1차전에서 공 60개만 던지고 나흘을 푹 쉰 상태라고. 이건 방법이 없어. 이길 수가 없는 게임이라고.

레인저스 팬들은 일찌감치 패배를 선언했다. 가끔씩 희망고문을 하는 팬들이 없지 않았지만, 대부분의 레인저스 팬은 월드 시리즈 진출의 꿈을 포기했다.

대다수 언론도 4차전에서 승리한 양키즈가 월드 시리즈에 진출할 것이라고 내다봤다.

5차전에서 양 팀 에이스인 한정훈과 다르비스 유가 다시 맞붙지만, 레인저스의 반격이 시작될 거라 여기는 언론은 어디에도 없었다.

심지어 텍사스 언론조차 월드 시리즈 진출 가능성을 0으로 보았다. 벌써 내년 시즌 도약을 위해서라도 마운드 리빌딩이 필요하다는 말이 나올 정도였다.

이런 분위기 속에서 레인저스 선수들이 힘을 낼 수 있을 리 없었다.

다음 날 치러진 5차전에서 한정훈은 6이닝을 1피안타 무실점으로 막고 마운드에서 내려갔다.

월드 시리즈 진출을 제 손으로 이루고 싶었지만, 점수 차이가 너무 컸다.

다르비스 유가 갑작스럽게 담 증세를 보이며 대신해 선발 등판한 콜 헤먼스가 4이닝 동안 무려 8점을 내준 것이다.

이후 완전히 의욕을 잃은 레인저스 불펜진을 상대로 양키즈는 잔인하리만치 안타를 때리고 점수를 뽑아냈다.

한정훈이 6회 말 피칭을 끝마쳤을 때 전광판에는 11 대 0이라는 일방적인 스코어가 찍혀 있었다.

"정훈, 고생 많았어."

조지 지라디 감독은 레인저스 홈 팬들에 대한 배려 차원에서 한정훈을 내리고 불펜을 가동했다.

3차전 부진으로 신경이 쓰였던 불펜 투수들은 3이닝을 피안타 없이 무실점으로 틀어막으며 한정훈의 승리를 지켰다.

-딜리아노 드실즈! 삼진입니다! 라몬 에르난데스가 마지막 타자를 삼진으로 잡아내고 양키즈의 월드 시리즈 진출을 확정 짓습니다!

-양키즈 선수들. 레인저스 팬들을 생각해 과도한 세리머니는 자제하는 모습입니다.

-점수가 무려 16 대 0이니까요. 여기서 샴페인까지 터뜨리면 레인저스 팬들도 참기 어려울 겁니다.

챔피언십 시리즈 MVP는 무려 4개의 홈런포를 몰아친 그린 버드에게 돌아갔다. 한정훈도 2승을 챙기며 양키즈의 월드 시리즈 진출에 절대적으로 공헌했지만, 투구 이닝이 적었던 게 감점 요인이 됐다.

"매번 정훈이 MVP를 받아서 딱히 소감을 준비하지 못했습니다. 개인적으로 이 상은 정훈이 받아야 맞는 것 같습니다. 정훈이 1차전에서 좋은 투구를 펼쳐 주지 못했다면 아마 5차전에서 시리즈를 끝내지 못했을 겁니다."

그린 버드는 MVP 인터뷰에서 승리의 영광을 한정훈에게 돌렸다. 선수들도 라커룸에서 앞다투어 한정훈을 끌어안으며 고마움을 전했다.

한정훈은 내친김에 월드 시리즈까지 우승하자며 선수들을 독려했다. 아울러 월드 시리즈에서 우승하려면 마지막까지 긴장감을 풀지 않아야 한다며 잔소리도 잊지 않았다.

한편에 물러나 그 모습을 지켜보던 코칭스태프의 입가를 타고 절로 웃음이 번졌다.

"이제 양키즈의 리더는 한정훈이라고 봐야겠지?"

"그럼. 선수들이 저 정도로 좋아하고 따르는데 누가 감히 리더가 될 수 있겠어?"

"브라이언 캐시 단장이 그린 버드를 밀었다던데 그린 버드는 불만이 없을까?"

"그게 궁금하면 기다려 봐. 이제 곧 그린 버드가 들어올 테니까."

누군가의 예언처럼 라커룸으로 돌아온 그린 버드는 가장 먼저 한정훈에게 다가갔다. 그리고 상의를 탈의하고 있던 한정훈을 거칠게 끌어안았다.

"버드! 놔, 인마. 나 씻어야 한다고!"

한정훈이 짧은 영어로 소리쳤지만 그린 버드는 한정훈을 놓아주지 않았다. 자신의 붉어진 눈시울을 들키고 싶지 않은 듯 한참 동안 한정훈에게 붙어 떨어지지 않았다.

그 모습이 들떠 있던 선수들을 뭉클하게 만들었다.

"세상에, 버드가 울다니."

"월드 시리즈잖아. 버드가 그토록 바라던 무대라고."

"한정훈이 오지 않았으면 어땠을까? 과연 버드가 은퇴하기 전에 다시 월드 시리즈를 밟을 수 있었을까?"

"그런 말도 안 되는 소리 집어치우라고."

"맞아! 지금을 즐기자니까? 우리가 승자야! 우리가 이겼
다고!"

선수들이 한정훈과 그린 버드를 붙잡고 다시 환호성을 내
질렀다. 그린 버드도 눈물을 닦아내고 제 머리에 샴페인을
쏟아부었다.

"적당히 해! 여긴 텍사스라고!"

조지 지라디 감독이 너무 소란스럽다며 한마디 했지만, 선
수들은 들은 척도 하지 않았다. 오히려 도망치려는 조지 지
라디 감독을 붙잡아 샴페인 샤워에 동참시켰다.

그렇게 원정 라커룸을 엉망진창으로 만들고서야 양키즈
선수들의 난동(?)은 끝이 났다.

아메리칸리그 챔피언십 시리즈가 끝난 다음 날, LA에서는
내셔널리그 챔피언십 시리즈 5차전이 열렸다.

자이언츠와 다저스가 맞붙은 챔피언십 시리즈 전적은 2승
2패로 팽팽했다.

자이언츠가 에디슨 범가너-카일 브라운을 앞세워 홈 2연
전을 쓸어 담자 다저스가 클레이튼 커셔-마에다 켄타를 내
세워 시리즈 스코어를 원점으로 만든 것이다.

챔피언십 시리즈의 향방을 결정지을 5차전에서 자이언츠가 내놓은 카드는 에이스 에디슨 범가너. 이에 맞서 다저스는 3선발 크리스 데이비스로 맞불을 놓았다.

다저스는 1차전에서 부진했던 크리스 데이비스가 홈경기에서 화려하게 부활하길 바랐다. 하지만 6회가 진행되는 현 시점에서 경기는 자이언츠 쪽으로 상당히 기운 상태였다.

"범가너 대단해. 역시 포스트시즌의 사나이야."

하리모토 쇼타의 집에 모여 TV 중계를 보고 있던 테너 제이슨이 혀를 내둘렀다.

자이언츠와 다저스, 둘 중 한 팀과 월드 시리즈 우승을 놓고 다퉈야 하는 입장이었지만 다저스 타선을 6이닝 무실점으로 꽁꽁 틀어막고 있는 에디슨 범가너의 피칭은 존경스럽기까지 했다.

그러자 하리모토 쇼타가 피식 웃으며 말했다.

"에디슨 범가너가 어제 우리 경기를 봤다면 아마 똑같은 소리를 했을 거다. 한정훈 대단해~ 하고 말이야."

농담이 아니라 에디슨 범가너는 자신의 SNS 계정에 양키즈의 월드 시리즈 진출을 축하한다는 메시지를 보냈다. 아울러 한정훈과 최고의 무대에서 다시 한 번 겨루고 싶다는 뜻을 내비쳤다.

덕분에 에디슨 범가너의 SNS 계정은 레인저스 팬들과 다저스 팬들의 분노로 가득 찬 상태였다.

"정훈, 너는 다저스와 자이언츠 중에 어느 팀이 올라올 거 같아?"

그린 버드가 한정훈을 바라봤다. 에이스인 한정훈이 보기에 어느 팀이 더 유리한지 알고 싶어졌다.

그러자 제이크 햄튼이 기다렸다는 듯이 입을 열었다.

"그야 당연히 다저스지. 오늘 경기가 이대로 끝나면 다저스는 6차전에 커셔를 올릴 거라고. 그럼 7차전은 마에다 켄타가 올라오겠지. 자이언츠에는 이 둘을 상대할 만한 투수가 없어."

전문가들은 다저스가 5차전을 잡을 경우 클레이튼 커셔는 7차전에 나올 것이라고 예상했다.

하지만 5 대 0으로 자이언츠가 리드 중인 5차전이 이대로 끝난다면 다저스 데빈 로버츠 감독은 역전 우승을 위해 클레이튼 커셔 카드를 6차전에 꺼내 들 수밖에 없었다.

이 경우 클레이튼 커셔의 휴식 기간이 하루 줄어들겠지만, 월드 시리즈를 눈앞에 둔 상황에서 클레이튼 커셔가 등판을 거부할 확률은 낮았다.

만약 그렇게 된다면 6차전은 클레이튼 커셔와 카일 브라운의 맞대결이 된다.

메이저리그 3년 차 카일 브라운이 올 시즌 2선발 노릇을 해왔다고는 하지만 한때 메이저리그 최고의 투수라 불렸던 클레이튼 커셔를 넘기란 쉽지 않았다.

그건 에이스인 에디슨 범가너에게도 부담스러운 미션이었다.

6차전이 다저스의 승리로 끝이 난다면 7차전은 알베르토 메시아와 마에다 켄타가 맞붙는다. 자이언츠 홈경기라고는 하지만 이름만 놓고 봐도 다저스 쪽으로 기울 수밖에 없었다.

"어때, 정훈? 너도 같은 생각이지?"

제이크 햄튼이 동의를 구하듯 한정훈을 바라봤다. 그러나 한정훈은 다저스보다는 전년도 챔피언인 자이언츠가 월드 시리즈의 파트너가 되길 바랐다.

"자이언츠가 이길 거야."

"뭐? 자이언츠?"

"어째서? 자이언츠는 마땅한 선발이 없는데?"

한정훈의 한마디에 다들 고개를 갸웃거렸다. 단기전에서 가장 중요한 6, 7차전의 선발 투수만 놓고 봤을 때 자이언츠는 다저스의 상대가 되지 않았다.

하지만 한정훈은 굳이 자세한 이유를 덧붙이지 않았다.

"그냥 내 느낌이 그래."

다른 사람이었다면 야유를 들었을 말을 뻔뻔하게 내뱉은 뒤 한정훈이 자리에서 일어났다. 아직 남아 있는 여독을 풀려면 아무래도 모모코의 도움을 받아야 할 것 같았다.

"정훈! 어디 가?"

"설마 혼자만 도망치는 건 아니지?"

다른 선수들이 한목소리로 한정훈을 붙들었다. 하리모토 쇼타의 집이라곤 하지만 그 구심점은 누가 뭐래도 한정훈이었다.

그린 버드와 하리모토 쇼타가 서로 2인자라고 우기는 상황에서 한정훈이 빠지면 어색한 분위기가 연출될 수밖에 없었다.

"잠깐 집에 놓고 온 게 있어서 그래. 금방 올게."

한정훈은 뻔한 거짓말을 남기고 바로 앞에 있는 자신의 집으로 들어갔다. 때마침 모모코가 뜨뜻한 목욕물을 받아두고 한정훈을 기다리고 있었다.

"많이 아파요?"

"아니, 그냥 모모코 보고 싶어서 핑계 대고 빠져나온 거야."

"오빠도 참. 그런데 이렇게 혼자만 빠져나와도 괜찮아요?"

"무슨 상관이야? 억울하면 쟤들도 연애하겠지."

한정훈이 습관처럼 옷을 벗고 마사지 베드 위에 누웠다. 그러자 모모코가 부드러운 손으로 한정훈의 온몸을 정성스럽게 주물러 주었다.

"으으. 시원하다."

"정말요?"

"그럼, 난 모모코가 해주는 마사지가 세상에서 제일 좋아."

"그렇게 말해줘서 고마워요."

"고마워? 뭐가?"

"제가 오빠에게 필요한 존재가 된 거 같아서 기분 좋아요."

"그럼 더 기분 좋게 만들어줘야겠는데?"

마사지가 끝날 즈음 한정훈이 모모코를 자신의 가슴으로 끌어안았다. 모모코는 언제나처럼 땀을 많이 흘렸다고 울상을 지었지만, 한정훈은 그녀를 놔주지 않았다.

125장
월드 시리즈(1)

한정훈의 예상대로 자이언츠는 내셔널리그 챔피언십 시리즈 우승을 차지했다.

　대다수 전문가가 7차전까지 갈 거라던 승부는 6차전에서 끝이 났다.

　먼저 승기를 잡은 건 다저스.

　클레이튼 커셔가 6이닝 4피안타 무실점 호투를 펼치는 동안 카일 브라운에게 3점을 뽑아내며 월드 시리즈를 7차전까지 끌고 가려 했다.

　그런데 클레이튼 커셔가 마운드를 내려가면서 상황이 돌변했다. 마운드에 올라온 불펜 투수마다 홈런을 얻어맞으며 스코어가 3 대 3으로 변해버린 것이다.

9회 말. 연장전에 대비해 다저스는 4선발 알렉스 우든을 등판시켰다. 자이언츠는 7번부터 시작되는 하위 타선이었다. 분위기상 연장전으로 넘어갈 가능성이 컸다.

중계를 맡은 콕스 TV 중계진조차 챔피언십 시리즈 연장의 역사를 읊어대기 시작했다.

그런데 ?사 이후 대타로 들어온 브레이브 벨트가 알렉스 우든의 3구를 잡아당겨 우측 담장을 넘겨 버렸다.

−큽니다! 계속 뻗어 날아갑니다! 홈런!
−브레이브 벨트가 자이언츠를 월드 시리즈로 이끕니다!

극적인 끝내기 홈런이 터지면서 에이티 파크는 축제 분위기에 빠져들었다.

반면 다저스 더그아웃은 침통함에 빠져들었다. 특히나 생에 첫 월드 시리즈 우승을 노렸던 클레이튼 커셔는 떨군 고개를 들지 못했다.

그래서인지 다른 선수들조차 클레이튼 커셔에게 함부로 위로를 건네지 못했다.

한정훈이 자이언츠의 우승 소식을 전해 들은 건 훈련을 마치고 집으로 오는 길에서였다.

"정말 자이언츠네요."

김상엽 팀장이 룸미러로 한정훈을 바라봤다.

한정훈이 자이언츠의 승리를 예상했다는 이야기를 들었을 땐 긴가민가했는데 정말로 자이언츠가 다저스를 꺾고 월드 시리즈에 올라오니 한정훈에게 신통력이 있는 것 같은 느낌이 들었다.

하지만 한정훈은 정말 감으로 내셔널리그 챔피언십 시리즈 우승팀을 맞춘 게 아니었다.

올 시즌에도 자이언츠는 시즌 막판 다저스를 잡아내고 역전 지구 우승을 일궈냈다. 9월에 잡힌 다저스와의 7연전에서 6승 1패를 거둔 게 크게 작용했다.

당연하게도 자이언츠 선수들은 다저스에 대한 자신감을 가지고 있었다.

반면 다저스는 자이언츠가 부담스러웠다. 우승 단골 팀이 같은 지구에 있다는 것만으로도 선수들이 받는 스트레스는 상당할 수밖에 없었다.

2승 2패로 맞선 5차전에서 한정훈은 그 차이를 보았다.

여유롭게 타자들을 상대하는 에디슨 범가너, 그런 에디슨 범가너를 든든하게 받쳐주는 야수들.

그들의 얼굴에서는 조바심 같은 게 없었다. 에이스를 내세운 경기에서 패배해서는 안 된다는 강박감이 없었다.

반면 다저스는 시종일관 무기력했다. 와일드카드 결정전

에 이어 디비전시리즈를 5차전까지 치르면서 클레이튼 커셔의 등판 일정이 꼬였다는 불안함이 패배의 망령처럼 들러붙었다.

만약 다저스가 5차전에서 끈질긴 모습을 보여주었다면 한정훈도 우승팀을 쉽게 예측하지 못했을 것이다.

그러나 자이언츠는 덤덤했고 다저스는 조급했다. 전문가들은 예측 불가능한 명승부가 펼쳐질 것이라고 전망했지만 한정훈의 눈에는 자이언츠가 다저스보다 앞서 달리는 게 보였다.

"만만치 않은 상대예요."

한정훈이 혼잣말처럼 중얼거렸다. 자이언츠는 내셔널리그의 양키즈 같은 팀이었다.

지난 몇 년간 꾸준한 리빌딩을 통해 젊고 건강한 선수들로 팀을 채워 나갔다. 전문가들도 내셔널리그의 리빌딩 성공 사례로 자이언츠를 꼽을 정도였다.

그러나 정작 김상엽 팀장은 한정훈의 말 속에서 여유를 느꼈다.

만만치 않은 상대이긴 하지만 이기지 못할 건 없다.

한정훈이 꼭 그렇게 말하는 것 같았다.

"일정상 1차전에 범가너 선수가 나오겠네요."

김상엽 팀장이 다시 말을 붙였다.

지난 한미 올스타전 이후로 한정훈과 에디슨 범가너가 맞붙는 것은 이번이 처음이었다.

한미 올스타전 당시 언론은 한정훈이 에디슨 범가너에게 판정승을 거두었다고 말했다.

에디슨 범가너도 언론과의 인터뷰에서 판정패를 받아들였다. 아울러 은퇴하기 전에 한정훈과 다시 한 번 싸워보고 싶다는 뜻을 전했다.

라디오 속 앵커도 한정훈과 에디슨 범가너의 인연을 소개하며 이번 1차전이 일종의 리벤지 매치가 될 것이라고 말했다.

그러나 한정훈은 고작 친선 경기 결과로 메이저리그 역대급 좌완 투수 중 한 명인 에디슨 범가너에게 승리를 거뒀다고 생각하진 않았다.

"이길 겁니다."

한정훈이 나직이 중얼거렸다. 상대가 누구든 간에 월드 시리즈까지 온 이상 질 생각이 없었다.

"이기실 겁니다."

김상엽 팀장도 웃으며 맞장구를 쳐 주었다. 자신의 고객이라서가 아니라 지금은 전성기 시절 에디슨 범가너가 온다 하더라도 한정훈에게는 안 될 것 같았다.

아메리칸리그가 올스타전에서 승리를 거두면서 월드 시리즈 1, 2차전은 양키즈 스타디움에서 열렸다.

양키즈의 1차전 선발은 한정훈. 이에 맞서는 자이언츠의 선발은 에디슨 범가너였다.

언론이 예상했고 양 팀 감독이 확인했으며 모두가 기다려온 최고 투수들 간의 맞대결이 성사됐다. 그래서인지 양키즈 스타디움은 경기 시작 전부터 뜨겁게 달아올라 있었다.

"한정훈이 이기겠지?"

"당연한 소리를 입 아프게 하고 그래?"

"그래도 모르지. 에디슨 범가너잖아."

"에디슨 범가너가 뭐? 한정훈은 댈런 카이클과 클레이튼 커셔도 넘어섰다고."

"솔직히 한정훈은 전혀 걱정 안 해. 설사 점수를 내준다 해도 두 점 안쪽이겠지. 문제는 타자들이야. 타자들이 에디슨 범가너의 공을 때려줘야 할 텐데…… 쉽지 않잖아."

"맞아. 올 시즌 맞대결은 한 차례도 없었으니까."

"자이언츠도 처음이고 에디슨 범가너도 처음이라고. 타자들이 죽을 쓰면…… 오늘 경기 어떻게 될지 몰라."

에이스인 한정훈이 나서는 경기였지만 양키즈 팬 중에는

오늘 경기를 걱정하는 이가 적잖았다.

야구 전문가들의 의견도 크게 다르지 않았다.

"한정훈과 에디슨 범가너. 이 둘만 놓고 보면 아무래도 한정훈 쪽에 손을 들어줄 수밖에 없습니다. 에디슨 범가너에게는 미안하지만, 그는 전성기가 지났죠."

"저 역시 동의합니다. 에디슨 범가너는 여전히 포스트시즌에서 강한 모습을 보여주고 있지만…… 홀로 월드 시리즈 3승을 달성했던 2014년도의 페이스는 아닙니다. 벌써 9년이 지났으니까요."

"하지만 타선까지 감안해서 살펴보자면 양키즈가 무조건 유리하다고 말하기도 쉽지 않습니다."

"양키즈가 활화산 같은 타격으로 레인저스를 셧아웃시킨 지 5일이 지났습니다. 반면 자이언츠는 이틀 전까지 경기를 치렀죠."

"그나마 다행인 건 양키즈가 홈구장에서 1차전을 치른다는 겁니다. 이 분위기로 샌프란시스코 원정부터 시작했다면 더 곤욕스러웠을 겁니다."

자체 청백전을 통해 경기 감각을 조절해 왔다 하더라도 양키즈 타선이 레인저스를 대파할 때의 타격감을 유지하고 있을 가능성은 적었다.

게다가 월드 시리즈였다. 월드 시리즈를 경험한 선수가 전

무한 양키즈가 바로 지난해 월드 시리즈 우승을 겪은 자이언츠의 상승세를 꺾기는 쉽지 않아 보였다.

일부 전문가들은 한정훈이 월드 시리즈에 부담을 가질지 모른다고 우려했다.

"한정훈도 월드 시리즈는 처음입니다."

"한국에서 세 차례 한국 시리즈를 경험했다지만 월드 시리즈는 다르죠. 세계 최고의 무대입니다."

"아메리칸리그 사이영상 2연패를 노리는 투수라고 하지만 아마 월드 시리즈가 부담스러울 겁니다."

경기 중계를 맡은 ESPM 해설진들도 한정훈에 대한 걱정을 늘어놓았다.

−한정훈, 상기된 표정입니다.

−늘 밟던 홈구장이지만 분위기가 다르겠죠.

−당연합니다. 월드 시리즈죠. 월드 시리즈에서는 무슨 일이 일어날지 아무도 모릅니다.

−올 시즌 2년 차 징크스 없이 자신의 커리어 하이 시즌을 만들어낸 한정훈. 과연 월드 시리즈에서 유종의 미를 거둘 수 있을지, 지켜보겠습니다.

해설진도 언론도 야구 전문가도 월드 시리즈에서 뭔가 대단한 사건이 일어나길 기대했다.

그리고 그 대단한 일이 한정훈이라는, 아시아에서 넘어와 메이저리그를 씹어 먹고 있는 이 젊고 경이로운 투수의 몰락에서 시작되길 바랐다.

하지만 한정훈의 초구가 아담 앤더슨의 미트에 파묻히는 순간, 그들은 깨달았다.

한정훈이 눈곱만큼도 긴장하지 않았다는 것을 말이다.

−한정훈! 초구부터 엄청난 공을 선보입니다!

−105마일입니다. 시즌이 끝나고 월드 시리즈가 시작됐는데 아직도 시즌 초반의 구속을 유지하고 있습니다.

−아렌 파간, 좀처럼 타석에 들어서지 못하고 있는데요.

−놀랐겠죠. 놀랐을 겁니다. 내셔널리그에도 100마일을 던지는 투수가 많지만, 한정훈처럼 무시무시한 공을 던지는 투수는 없으니까요.

−공을 끝까지 끌고 나와서 아렌 파간의 몸 쪽에 찔러 넣었습니다. 저 무시무시한 공이 무릎 높이로 들어왔어요. 저 공을 타석에서 보게 된다면…… 아마 숨이 턱 하고 막힐 겁니다.

순식간에 달라진 ESPM 중계진의 찬사 속에 한정훈은 아렌 파간을 3구 삼진으로 돌려세웠다.

2구와 3구 연속해서 바깥쪽 포심 패스트볼을 던졌지만, 아렌 파간은 감히 방망이를 휘두를 생각조차 하지 못했다.

한정훈의 구속에 놀란 건 2번 타자 조이 패닉도 마찬가지였다.

대기 타석에서 나름대로 타이밍을 재고 들어갔는데도 공은 빨랐다. 2구와 3구, 전혀 다른 타이밍으로 대처해 봤지만, 공은 방망이보다 먼저 홈 플레이트를 스쳐 지나가 버렸다.

─구심, 팔을 듭니다. 조이 패닉의 방망이가 돌았다고 판정합니다.

─저건 확실히 돌았습니다. 굳이 다른 각도로 보지 않더라도 저렇게 무너진 자세면 방망이 헤드를 멈출 수가 없습니다.

─한정훈, 월드 시리즈에서도 탈삼진 머신의 모습을 보여 주고 있는데요.

─아마 한 타순이 돌기 전까지 한정훈의 공에 적응하기란 어려울 것 같습니다.

ESPM 중계진의 예상대로 자이언츠 타자들은 3회까지 한정훈에게 꽁꽁 틀어 막혔다.

단순히 안타가 없고 출루가 없다는 이야기가 아니었다. 말 그대로 타자 중 누구도 한정훈의 공을 건드리지 못했다. 뭔가 맞힐 것 같은 기대조차 들지 않았다.

자이언츠의 선발 에디슨 범가너가 안타 2개만 내주며 3이닝 무실점 피칭으로 맞불을 놓긴 했지만 느낌은 확연히 달랐다.

에디슨 범가너가 노련함과 낯섦으로 양키즈 타자들의 타이밍을 빼앗고 있다면 한정훈은 압도적인 구위로 자이언트 타자들을 찍어 눌렀다.

그 차이가 양 팀 더그아웃의 표정을 바꿔놓았다.

양키즈 선수들은 가볍게 이야기를 주고받으며 분위기를 즐겼다.

점수는 0 대 0이었지만 몇 점 차로 이기고 있는 것 같은 분위기였다. 이 분위기를 즐기다 보면 자연스럽게 점수를 뽑아낼 것이라 여겼다.

반면 자이언츠 선수들은 굳은 얼굴을 감추지 못했다. 구속과 구위는 물론 이름값에서도 밀리니 자신들도 모르게 주눅이 들어버린 것이다.

"대단하군, 대단해."

에디슨 범가너는 그저 혀를 내둘렀다. 지금껏 수많은 투수와 맞붙어 왔지만 피칭 하나로 이토록 숨 막히게 만드는 투수는 한정훈이 처음이었다.

4년 전 한미 올스타전에서 만났을 때만 하더라도 한정훈은 좋은 공을 던지는 젊고 매력적인 투수였다.

재능은 충분했지만, 솔직히 이 정도로 높이 올라갈 것이라고는 생각하지 않았다.

그런데 고작 4년 만에 다시 만난 한정훈은 경기를 지배하는 투수가 되어 있었다.

"범가너, 오늘 네 공도 최고야. 그러니까 약한 소리 하지 마."

비스터 포지가 애써 에디슨 범가너를 독려했다. 한정훈의 압도적인 피칭에 비할 바 아니었지만, 오늘 에디슨 범가너도 자이언츠의 에이스다운 피칭을 선보이고 있었다.

그러자 에디슨 범가너가 피식 웃어 보였다.

"걱정하지 마, 비스터. 어떻게든 버텨볼 테니까."

한정훈이 4회 초 자이언츠의 공격을 삼자범퇴로 돌려세우자 에디슨 범가너도 더욱 힘을 냈다.

양키즈의 중심 타선이 어떻게든 선취점을 뽑아내겠다고 달려들었지만, 에디슨 범가너의 노련함을 당해내지 못했다.

포심 패스트볼 하나만 보고 타석에 들어왔던 3번 타자 요하니스 페데즈에게 에디슨 범가너는 3구 연속 슬라이더만 던졌다.

초구는 몸 쪽에 꽉 차게 들어오는 스트라이크.

2구는 바깥쪽에 꽉 차게 들어오는 스트라이크.

그리고 3구는 2구보다 공 두 개 정도 흘러나가는 유인구.

초구와 2구에 현혹된 요하니스 페데즈는 3구를 고르지 못하고 방망이를 휘두르고 말았다.

4번 타자 그린 버드는 역으로 들어오는 커브에 당했다.

포심 패스트볼과 슬라이드를 연거푸 걷어냈지만, 기습적으로 날아든 커브가 한복판으로 날아오는 걸 막아내지 못한 것이다.

3번 타자와 4번 타자가 삼진으로 물러나자 5번 타자 제이크 햄튼은 초구부터 과감하게 방망이를 돌렸다.

노림수는 포심 패스트볼.

하지만 들어온 공은 체인지업이었다.

어떻게든 내야를 뚫어보겠다고 공을 끝까지 물고 늘어졌지만, 타구는 3루수 정면으로 굴러가 버렸다.

-에디슨 범가너! 양키즈의 클린업 트리오를 공 7개로 잡아냅니다!

-와우! 마치 한정훈의 피칭을 보는 것 같습니다.

ESPM 중계진은 감탄을 금치 못했다.

0 대 0의 투수전이라고는 하지만 3회까지의 분위기는 양키즈의 압승이었다. 그런데 4회 말 에디슨 범가너가 양키즈

의 중심 타선을 이겨내면서 흐름이 달라지려 했다.

"나이스 피칭, 에디슨!"

"이대로만 쭉 가자고! 너 오늘 최고야!"

한정훈의 기세에 눌려 있던 자이언츠 타자들이 두 팔을 벌려 에디슨 범가너를 맞았다. 브라이언 보치 감독도 선수들의 끝에 서서 에디슨 범가너에게 오른손을 내밀었다.

에디슨 범가너도 상기된 얼굴로 벤치에 앉았다. 월드 시리즈 1차전에서 양키즈의 중심 타선을 안타 없이 깔끔하게 막아냈다는 사실이 할 수 있다는 자신감을 심어주었다.

그러나 그 자신감이 자괴감으로 변하기까지는 그리 오랜 시간이 걸리지 않았다.

스윽. 스윽.

마운드에 올라온 한정훈은 에디슨 범가너가 남긴 족적을 천천히 지웠다.

이번 이닝에서 사력을 다한 듯 앞선 이닝보다 에디슨 범가너의 스파이크 자국이 조금 더 멀리까지 나 있었다.

"대단한 투수라니까."

한정훈이 씩 웃었다. 월드 시리즈에 앞서 브라이언 보치 감독이 에디슨 범가너를 믿고 싸우겠다고 말했는데 그 이유를 확실히 알 것 같았다.

한정훈이 잠시 에디슨 범가너의 열정에 감탄하는 사이 4

번 타자 미카엘 본즈가 타석에 들어왔다.

자이언츠가 낳은 슈퍼스타, 베라 본즈를 쏙 빼닮았다는 평가를 받고 있는 이 젊은 4번 타자는 올 시즌 내셔널리그 투수들을 상대로 39개의 홈런포를 쏘아 올렸다.

포스트시즌에서도 미카엘 본즈의 방망이는 멈출 줄 몰랐다.

디비전시리즈에서 3방. 챔피언십 시리즈에서 4방.

세 경기당 두 번꼴로 터지는 미카엘 본즈의 홈런포 덕분에 자이언츠는 난적 컵스와 다저스를 물리치고 양키즈 스타디움까지 올 수 있었다.

'충분히 익숙해졌어.'

미카엘 본즈가 방망이를 들어 올렸다. 첫 타석 때야 한정훈의 공이 낯설어 삼진을 당했지만, 이번 타석은 다를 것이라 여겼다.

그런 미카엘 본즈의 각오가 표정을 통해 아담 앤더슨에게까지 전해졌다.

'정훈의 패스트볼이 눈에 좀 들어온 모양인데…… 그게 착각이었다는 걸 가르쳐 주지.'

아담 앤더슨이 바깥쪽으로 미트를 움직였다. 구종은 포심 패스트볼. 앞선 타석에서 미카엘 본즈를 잡아낸 마지막 공이었다.

사인을 확인한 한정훈이 피식 웃었다. 그리고는 아담 앤더슨의 바람대로 바깥쪽에 꽉 차는 포심 패스트볼을 내던졌다.

퍼엉!

순식간에 홈 플레이트를 지나간 공이 포구음을 남기고 미트 속으로 사라졌다.

"크윽!"

동시에 미카엘 본즈의 입에서 억눌린 신음이 터져 나왔다.

이건 명백한 도발이었다. 칠 수 있으면 쳐 보라는 선전포고나 마찬가지였다.

'두고 보자!'

미카엘 본즈가 까득 이를 깨물며 방망이를 들어 올렸다.

그 순간.

후아앗!

한정훈의 손끝을 빠져나온 공이 미카엘 본즈의 몸 쪽으로 파고들었다.

'윽!'

마치 옆구리를 직격할 것 같은 느낌에 미카엘 본즈가 반사적으로 엉덩이를 뒤로 빼냈다.

하지만 정작 공은 구심의 몸 쪽 스트라이크존 경계선을 지나 아담 앤더슨의 미트 속에 파묻혔다.

"스트라이크!"

구심이 일말의 망설임도 없이 오른팔을 들어 올렸다.

미카엘 본즈가 놀란 눈으로 쳐다봤지만 구심은 눈 하나 까딱하지 않았다.

"크으으……."

치미는 분을 삼키며 미카엘 본즈는 다시 방망이를 들어 올렸다.

투 스트라이크.

앞선 타석 때도 이런 식으로 볼카운트가 몰려서 꼼짝 없이 삼진을 먹고 말았다.

'두 번은 안 통해.'

미카엘 본즈는 스트라이크존을 넓게 바라봤다. 볼카운트가 불리해진 이상 눈에 들어오는 공은 전부 다 때려낼 생각이었다.

'몸 쪽이든 바깥쪽이든 이번에는 안 놓쳐!'

한정훈이 투구 동작에 들어가자 미카엘 본즈도 기다렸다는 듯이 방망이를 움직였다.

몸 쪽이든 바깥쪽이든 또다시 포심 패스트볼이 들어올 것이라고 기대하며.

그러나 한정훈의 손끝을 빠져나간 공은 포물선을 그리며 너울너울 날아들었다.

'커브……!'

미카엘 본즈가 다급히 방망이를 멈춰 세웠다. 그렇게 하면 이 위기를 빠져나갈 수 있을 것처럼 보였다.

하지만 문제의 커브볼은 미카엘 본즈를 약 올리듯 한복판 스트라이크존을 통과해 버렸다.

"스트라이크, 아웃!"

구심이 요란스럽게 삼진을 외쳤다. 동시에 터져 나온 함성 소리가 양키즈 스타디움을 떠나갈 듯 울렸다.

"젠장! 젠장할!"

두 타석 연속 삼진을 당한 미카엘 본즈가 이를 악물며 더 그아웃 쪽으로 돌아섰다. 그를 대신해 5번 타자 브레이브 벨트가 좌타석 쪽으로 다가왔다.

'커브, 커브를 던졌단 말이지?'

브레이브 벨트는 천천히 숨을 골랐다.

1회부터 4회까지 한정훈은 단 하나의 변화구도 던지지 않았다. 대부분이 포심 패스트볼이었다. 그런데 타격감 좋은 미카엘 본즈에게 처음으로 커브볼이 들어왔다.

덕분에 브레이브 벨트는 머릿속이 복잡해졌다. 한정훈이 앞선 이닝들처럼 친절하게 패스트볼만 던져 준다면 여러 생각 할 필요가 없었다. 포심 패스트볼 타이밍에 맞춰 어떻게든 대처를 해 나가면 그만이었다.

하지만 한정훈이 변화구를 섞어 던지기 시작한다면 이야

기는 달랐다.

한정훈의 변화구 중 구사 빈도가 가장 높은 건 체인지업.

평균 구속은 89mile/h(≒143.2km/h).

패스트볼과는 14mile/h(≒22.5km/h) 정도 차이가 났다.

이상적인 패스트볼과 체인지업의 구속 차이를 10mile/h(≒16.1km/h) 정도로 놓고 봤을 때 한정훈의 체인지업은 패스트볼에 비해 느린 편이었다. 타석에서 여유를 가지면 그 차이가 확연히 느껴질 정도였다.

그러나 한정훈의 공격적인 피칭에 휘말려 볼카운트가 불리해진 상황이라면 이야기는 달랐다.

어지간한 투수들의 패스트볼 평균 구속에 준하는 한정훈의 체인지업은 빨랐다. 게다가 패스트볼과 똑같은 릴리스 포인트에서 출발해 포심 패스트볼 타이밍으로 방망이를 휘둘러서는 제대로 공략해 내기가 어려웠다.

그렇다고 체인지업 타이밍에 맞춰 패스트볼을 노릴 수는 없었다.

한정훈의 포심 패스트볼 최고 구속은 105mile/h(≒168.9km/h).

한정훈의 투구 동작과 동시에 타격 자세에 들어가지 않고서는 도저히 맞춰낼 수가 없었다.

여기에 한정훈은 커브까지 던졌다. 작년까지만 해도 보여주기식 너클 커브를 던지더니 올 시즌부터는 제법 그럴싸한 커브볼을 장착해 구사했다.

게다가 구사 빈도도 확연히 높아졌다. 작년에 경기당 너클 커브를 하나 정도 던졌다면 올해는 경기당 평균 구속이 80마일대의 커브볼이 4~5개 정도 들어왔다.

상황이 이렇다 보니 타자들은 한정훈의 공에 타이밍을 맞추기가 쉽지 않았다.

패스트볼 구사 비율이 50% 수준이라 아예 패스트볼 하나만 노리는 타자가 대부분이었지만 그렇다고 해서 한정훈의 패스트볼을 쉽게 때려낼 수 있는 것도 아니었다.

올 시즌 한정훈의 구종별 피안타율은 커브>체인지업>스플리터>커터>투심 패스트볼≒포심 패스트볼 순서였다.

수많은 타자가 한정훈의 패스트볼을 노렸지만 정작 안타를 때려낸 이들은 손에 꼽힐 정도였다.

반면 패스트볼을 버리고 변화구만 노린 타자 중에서는 생각보다 안타를 만들어낸 이가 많았다.

'어찌한다⋯⋯.'

잠시 고심하던 브레이브 벨트는 체인지업을 노리기로 마음먹었다. 미카엘 본즈에게 커브가 들어왔으니 이제 체인지업이 들어올 때가 됐다고 여겼다.

스윽.

브레이브 벨트가 평소보다 스텐스를 한 발자국 넓게 가져 갔다. 그 모습이 아담 앤더슨의 시야에 들어왔다.

'대놓고 변화구를 노리시겠다?'

아담 앤더슨이 씩 웃으며 몸 쪽으로 미트를 붙여넣었다.

구종은 커터.

브레이브 벨트처럼 대놓고 변화구를 노리는 타자들에게 효과적인 공이었다.

한정훈은 고개를 끄덕였다. 그리고 브레이브 벨트의 벨트 높이를 겨냥해 힘껏 공을 내던졌다.

후아앗!

패스트볼 계열이 몸 쪽으로 날아들자 브레이브 벨트가 반사적으로 방망이를 휘돌렸다.

하지만 마지막 순간에 몸 쪽으로 꺾인 공은 방망이의 손잡이에 걸린 뒤 그대로 브레이브 벨트의 정강이뼈를 후려쳤다.

"크윽!"

브레이브 벨트가 비명을 내지르며 그 자리에 주저앉았다. 다행히 정강이 보호대 위로 타구가 날아들었지만, 그 통증은 좀처럼 잠잠해지지 않았다.

결국 브레이브 벨트는 응급처치를 받은 이후에야 타석으로 돌아왔다. 통증을 참고 방망이를 들어 보이긴 했지만, 처음처럼 스탠스를 넓게 가져가지는 못했다.

'많이 아팠을 텐데 하나 던져 줘야지.'

아담 앤더스는 2구째 변종 체인지업 사인을 냈다. 한정훈은 군말 없이 초구와 똑같은 코스로 공을 내던졌다.

그 공이 홈 플레이트를 지나 그대로 아담 앤더슨의 미트에 파묻혔다.

'젠장할!'

브레이브 벨트가 속으로 욕지거리를 내뱉었다. 체인지업이 들어왔는데, 그토록 기다리던 체인지업이 들어왔는데 방망이는 내밀지도 못했다.

앞서 똑같은 코스로 날아들던 커터의 잔상 때문에 잠깐 주춤했던 게 모든 걸 엉망으로 만들어 버렸다.

하지만 야속한 구심은 브레이브 벨트에게 숨 돌릴 여유조차 주지 않고 타석에 들어서라고 재촉했다.

"후우……."

브레이브 벨트가 마지못해 타석에 들어섰다. 그러자 한정훈이 기다렸다는 듯이 3구를 내던졌다.

후아앗!

한정훈의 손끝을 빠져나간 공이 인정사정없이 브레이브 벨트의 몸 쪽을 관통했다. 브레이브 벨트가 움찔 놀라 뒷걸음질을 쳤을 때는 이미 퍼엉 하는 미트 소리가 울려 퍼진 뒤였다.

－브레이브 벨트. 스탠딩 삼진으로 물러납니다.

－3구째도 브레이브 벨트의 벨트 높이로 날아왔는데요. 정
말 대단한 로케이션입니다.

－이번에는 포심 패스트볼이었습니다. 전광판에 104마일
로 나왔네요.

－앞서 던진 체인지업과 15마일이나 차이가 나는데요.

－브레이브 벨트가 공략하기 어려운 공이었습니다. 초구
에 던진 커터의 무브먼트가 워낙 좋았거든요. 그다음에 89마
일짜리 체인지업으로 타이밍을 빼앗고 다시 구속을 최대로
끌어올려 브레이브 벨트를 집어삼켜 버렸습니다.

－브레이브 벨트, 오늘 경기가 끝나고 한동안 악몽을 꾸게
될지도 모르겠네요.

ESPM 중계진은 한정훈의 압도적인 피칭에 혀를 내둘렀
다. 다른 투수 같았다면 각종 형용 어구를 총동원해 극찬을
늘어놓았겠지만, 한정훈의 투구는 그런 뻔한 말로 치장하기
미안할 만큼 완벽했다.

－6번 타자 크리스 미첼. 타석에 들어옵니다.

-앞선 타석에서 삼진을 당했는데요.

-패스트볼을 상당히 잘 치는 타자니까요.

-브라이언 보치 감독. 기대 어린 눈으로 크리스 미첼을 지켜봅니다.

-메이저리그에 데뷔한 지 2년 차인 선수를 월드 시리즈 1차전에 지명 타자로서 6번에 전진 배치된 것만 봐도 브라이언 보치 감독의 기대감을 충분히 짐작할 수 있을 것 같습니다.

ESPM 중계진은 애써 분위기를 고조시켰다. 4번 타자와 5번 타자가 연속 삼진을 당하고 물러난 상황에서 신인급 선수가 한정훈의 공을 때려낼 가능성은 지극히 낮았지만 경기를 지켜보고 있을 자이언츠 팬들을 위해서라도 그럴듯한 그림을 만들어야 했다.

하지만 한정훈은 이번에도 비협조적이었다.

"스트라이크, 아웃!"

6번 타자 크리스 미첼을 3구 삼진으로 돌려세우고 이닝을 끝내 버렸다.

겨우 끌어왔던 분위기가 순식간에 양키즈 쪽으로 넘어가자 포스트시즌의 사나이라 불리는 에디슨 범가너도 맥이 풀렸다.

"저건…… 괴물이야."

에디슨 범가너가 고개를 절레절레 흔들어댔다.

전성기가 지났으니 힘으로 맞붙는 건 불가능해도 경험과 노련함을 최대한 활용하면 한정훈을 어느 정도 따라잡을 수 있을 거라 여겼는데…… 5회의 피칭을 보니 대단한 착각을 한 기분이었다.

자이언츠 타자들의 표정도 비슷했다. 300㎞/h로 달리는 한정훈이라는 스포츠카를 잡기 위해 에디슨 범가너가 속력을 250㎞/h까지 끌어올릴 때만 해도 환호를 내질렀던 이들이 한정훈의 속력이 400㎞/h로 변하자 굳게 입을 다물어 버렸다.

'한정훈 경기는…… 버리는 게 낫겠어.'

브라이언 보치 감독도 입술을 깨물었다.

에디슨 범가너라면, 지난 시즌 우승 트로피를 들어 올린 자이언츠라면 한정훈과 정면으로 맞붙어도 해 볼만 하다고 생각했는데 아니었다.

자존심이 상하긴 했지만, 에디슨 범가너의 일정을 조정해서라도 한정훈과의 경기는 피해야 할 것 같았다.

126장
월드 시리즈(2)

에디슨 범가너의 첫 번째 위기는 5회 말에 찾아왔다.

한정훈의 압도적인 투구에 전의를 상실하고 마운드에 올라갔다가 6번 타자 더스티 애클리에게 풀카운트 끝에 사사구를 내준 게 단초였다.

뒤이어 타석에 들어선 카일 스위버는 에디슨 범가너의 3구 체인지업을 받아쳐 우익 선상 2루타를 때려냈다.

더스티 애클리의 걸음이 조금만 빨랐더라도 선취점을 올릴 기회였지만 애석하게도 더스티 애클리의 걸음은 3루에서 멈춰 버렸다.

무사 2, 3루.

큼지막한 외야 플라이 하나면 선취점을 뽑아낼 수 있는 절호의 기회였다.

8번 타자 아담 앤더슨은 3루 주자 더스티 애클리를 신경 썼다. 더스티 애클리를 홈에 불러들이기 위해 일부러 큰 스윙을 가져가려 했다.

하지만 결과는 3투수 앞 땅볼. 어찌나 정직하게 굴러갔던지 3루 주자 더스티 애클리는 홈에 뛰어들 엄두조차 내지 못했다.

9번 타자 로비 래프스나이더는 운이 나빴다. 2구째 몸 쪽으로 들어온 포심 패스트볼을 힘껏 잡아당겼는데 그 타구가 하필 3루수 마크 머피의 글러브 속에 빨려 들어갔다.

그 과정에서 3루 주자 더스티 애클리도 아웃이 됐다. 발이 느리다는 단점을 최소화하기 위해 일부러 리드를 크게 벌려 놓았는데 3루수 직선타가 나올 줄은 예상하지 못한 것이다.

─에디슨 범가너, 실점 위기를 가까스로 넘깁니다.

─운이 따랐네요. 만약 저 공이 3루수 옆으로 빠져나갔다면 지금쯤 전광판의 점수는 2 대 0이 되어 있었을 겁니다.

ESPM 중계진은 에디슨 범가너에게 천운이 따랐다고 말했다. 그리고 그 분위기가 6회 초 자이언츠의 공격으로 이어질지도 모른다고 덧붙였다.

그러나 기대를 모았던 자이언츠의 공격은 순식간에 끝이 났다. 한정훈이 공 6개만으로 세 타자를 지워 버린 것이다.

7번 타자 브레이브 크로포드는 2구째 들어온 커브볼을 힘껏 잡아당겼다가 유격수 앞 땅볼로 아웃 됐다.

8번 타자 비스터 포지는 헛스윙만 세 번 한 끝에 삼진으로 물러났다.

3루 코치를 한참 동안 바라보던 9번 타자 마크 머피는 한정훈의 초구에 기습 번트를 댔다.

시도 자체는 좋았다. 1루수 그린 버드는 물론이고 3루수 요하니스 페데즈조차 번트에 대응하지 못했다.

하지만 코스가 나빴다. 하필이면 한정훈의 정면으로 굴러 갔다.

피칭을 마친 한정훈이 가볍게 공을 잡고 1루에 송구하며 아웃.

"후우……."

땀을 닦고 이제 막 이온 음료를 들이켜던 에디슨 범가너가 한숨을 내쉬며 자리에서 일어났다. 그리고 선두 타자로 들어온 브라이언 리의 등 쪽으로 초구를 던져 버렸다.

"이런 미친!"

"범가너! 너 지금 무슨 짓을 저지른 거야!"

브라이언 리가 요령껏 몸을 비튼 덕분에 큰 부상은 면했지만 양키즈 팬들의 분노는 막지 못했다.

일부 과격한 팬은 에디슨 범가녀가 일부러 브라이언 리를 맞힌 거라며 욕지거리를 쏟아냈다.

포스트시즌 경험이 풍부한 에디슨 범가녀였지만 야유 소리 가득한 양키즈 스타디움은 부담스러울 수밖에 없었다.

그 결과가 2번 타자 비비 그레고리우스의 안타로 이어졌다.

타구가 중견수 쪽으로 향했지만, 발 빠른 브라이언 리가 3루까지 내달리며 세이프. 그렇게 무사 1, 3루 상황이 만들어졌다.

모두의 기대 속에 타석에 들어온 3번 타자 요하니스는 에디슨 범가녀의 2구째 슬라이더를 공략했으나 1루수 파울 플라이로 물러나고 말았다.

그러나 4번 타자 그린 버드는 달랐다. 투 스트라이크 투 볼 상황에서 두 개의 공을 커트한 뒤 한복판으로 몰리듯 들어온 슬라이더를 그대로 잡아당겨 버렸다.

쭉쭉 뻗어 나간 타구는 펜스 상단을 때리고 떨어졌다. 그 사이 3루 주자 브라이언 리는 물론이고 1루 주자 비비 그레고리우스까지 홈을 밟으며 0 대 0의 균형이 깨졌다.

2 대 0.

그리고 1사 주자 2루.

90구째 공을 얻어맞은 에디슨 범가너는 지쳐 보였다. 하지만 브라이언 보치 감독은 마운드에 올라가지 않았다.

실점은 어쩔 수 없다지만 자존심 때문에라도 에디슨 범가너가 최소 6이닝은 소화해 주길 바랐다.

에디슨 범가너는 5번 타자 제이크 햄튼을 3루수 땅볼로 유도하며 두 번째 아웃 카운트를 챙겼다.

볼카운트는 투 볼로 불리했지만, 커브를 몸 쪽 깊숙이 찔러 넣어 제이크 햄튼의 타이밍을 빼앗았다.

하지만 6번 타자 더스티 애클리를 넘지 못했다. 스트라이크를 잡기 위해 내던진 몸 쪽 체인지업이 더스티 애클리의 방망이에 걸리고 만 것이다.

가볍게 잡아당긴 타구가 우익 선상에 뚝 하고 떨어지면서 추가점이 만들어졌다.

2사 이후라 타격음과 함께 내달렸던 그린 버드가 여유롭게 홈을 밟은 것이다.

7번 타자 카일 스위버를 4구 만에 유격수 땅볼로 유도하면서 에디슨 범가너는 길고 길었던 6회 말을 끝마쳤다.

6이닝 3실점.

에디슨 범가너에게도 자이언츠에게도 아쉬운 결과였다.

한정훈은 8회까지 마운드를 지켰다. 목표는 완투였지만 8회 말에 양키즈가 대거 5득점 하면서 9회 초에 올라갈 이유가 사라져 버렸다.

한정훈을 대신에 마운드에 오른 제이슨 슈리브는 자이언츠의 8, 9, 1번 타자를 전부 땅볼로 유도하며 경기를 마무리지었다.

8이닝 1피안타 17K 무실점.

경기 MVP는 한정훈의 몫이었다.

[한정훈, 에디슨 범가너와의 맞대결에서 완승!]
[8이닝 완벽투 한정훈. 양키즈에게 월드 시리즈 첫 승 안기다!]

경기가 끝나자 관련 기사들이 우르르 쏟아졌다.

언론들은 1차전에서 승리한 양키즈가 우승에 훨씬 가까워졌다고 전망했다.

90년대 이후 홈 팀이 1차전을 잡았을 때 우승 확률은 90%

가 넘었다. 단순히 1차전 승리 팀의 우승 확률도 84%에 달했다.

확률로만 놓고 봤을 때 양키즈의 월드 시리즈 우승은 시간문제처럼 보였다.

전문가들의 의견도 크게 다르지 않았다.

"양키즈는 1차전에서 에디슨 범가너를 무너뜨리는 데 성공했습니다. 득점은 3점뿐이지만 확실히 에디슨 범가너를 궁지에 몰아넣었습니다."

"반면 자이언츠는 한정훈 공략법을 찾아내지 못했습니다. 한정훈이 4차전과 7차전에 연이어 등판한다면 자이언츠는 아무것도 하지 못하고 3승을 헌납하게 될 겁니다."

"편법이 아니라 정공법을 택한 자이언츠가 한정훈이라는 벽을 넘지 못했다는 건 의미하는 바가 큽니다. 자이언츠의 공격력은 내셔널리그 5위였습니다. 굳이 꼼수를 쓰지 않더라도 힘을 합치면 한정훈을 무너뜨릴 수 있다고 생각했는지 모릅니다."

"작년에 우승을 경험해서일까요? 브라이언 보치 감독이 좀 안이했다는 생각이 듭니다. 홈에서 절대적으로 강한 한정훈을 상대로 에디슨 범가너 카드를 꺼내 든 것부터가 이해가 가지 않습니다."

"제 생각도 같습니다. 브라이언 보치 감독이 차라리 1차전을 버리고 시작했다면 어땠을까 하는 아쉬움이 큽니다."

월드 시리즈 시작 전 주요 언론들은 브라이언 보치 감독의 한정훈 공략법에 관심을 가졌다.

2년 연속 양키즈를 시즌 막판에 끌어내린 지략가 브라이언 보치 감독이라면 한정훈을 상대할 나름의 비법을 궁리했을 가능성이 컸다고 여겼다.

하지만 정작 브라이언 보치 감독은 한정훈을 피하는 게 아니라 한정훈과 맞붙는 걸 선택했다. 한정훈이 1차전만 등판하고 쉬는 게 아닌 만큼 한정훈에 대한 적응이 필요하다고 판단했다.

그러나 경기 결과는 참담했다. 적응은커녕 한정훈에 대한 공포만 생겼다.

7회 초 터진 조이 패닉의 행운의 안타가 아니었다면 자이언츠는 월드 시리즈 퍼펙트게임의 희생양이 되었을 것이다.

그만큼 한정훈은 강했고 자이언츠는 약했다. 지금으로서는 한정훈을, 한정훈이 버티고 있는 양키즈를 이길 방법이 보이지 않았다.

그나마 다행히도 2차전에 대한 전망은 조금 엇갈렸다.

"양키즈가 1차전을 잡은 게 큽니다. 아마 그 분위기는 2차전까지 이어질 가능성이 큽니다."

"제 생각도 같습니다. 이 분위기라면 2차전도 양키즈가 가

저갈 겁니다."

"양키즈는 하리모토 쇼타가 나오는 반면 자이언츠는 카일 브라운입니다. 개인 기록은 18승을 거둔 하리모토 쇼타가 14승을 거둔 카일 브라운에 앞섭니다. 하지만 월드 시리즈 경험은 카일 브라운이 먼저 했습니다. 하리모토 쇼타가 월드 시리즈에 대한 부담을 떨쳐내지 못한다면…… 결과가 달라질 수도 있습니다."

"확실히, 월드 시리즈와 챔피언십 시리즈는 다르죠. 카일 브라운이 올 시즌 급성장한 가장 큰 이유도 월드 시리즈를 경험했기 때문이니까요."

"만약 자이언츠의 홈구장인 에이티 파크에서 2차전이 열렸다면 카일 브라운이 확실히 유리했을지 모릅니다. 하지만 양키즈 스타디움입니다. 하리모토 쇼타의 홈경기 성적은 한정훈 다음으로 좋습니다. 메이저리그를 통틀어 양키즈 스타디움에서 하리모토 쇼타보다 좋은 공을 던지는 투수는 거의 없습니다."

"그래도 하리모토 쇼타는 한정훈이 아니니까요. 오늘 한정훈에게 눌린 자이언츠 타선이 내일 하리모토 쇼타를 상대로 되살아날 가능성도 배제하기 어렵습니다."

전문가 중 50%는 양키즈의 우세를 점쳤다. 30%는 자이언츠의 반격을 예상했고 20%는 유보적인 답을 내놨다.

메이저리그 홈페이지에서 진행된 설문조사 결과도 비슷했다.

양키즈가 3점 차 이상 대승을 거둔다는 응답은 18%, 양키즈가 3점 차 이내 승리할 거란 응답은 29%였다.

자이언츠가 3점 차 이내로 승리할 거라는 예상이 22%로 전체 응답 중 두 번째로 높았다.

그러나 자이언츠가 3점 차 이상 대승을 거둘 거라고 예상한 이들은 5% 남짓에 불과했다.

응답자의 51%가 3점 차 이내의 싸움이 될 것이며 26%가 승패를 예측하기 어렵다고 답할 만큼 2차전의 향방은 알 수가 없었다.

야구팬들조차 양키즈가 1차전을 챙겨갔다고 해서 2차전까지 쉽게 가져가진 못할 것이라고 내다봤다.

ㄴ1차전을 이긴 건 당연한 거지. 한정훈이 나왔으니까.

ㄴ양키즈는 당연한 승리를 챙긴 거야. 그리고 자이언츠는 첫 단추가 꼬인 거지.

ㄴ그럼 2차전도 양키즈가 유리한 거 아냐?

ㄴ야, 위에 월드 시리즈 안 본 티 좀 내지 마라. 월드 시리즈가 만만하냐?

ㄴ브라이언 보치 감독이 빈손으로 샌프란시스코에 돌아가

지는 않을 거야.

└내 예상도 비슷해. 결과적으로 우승은 한정훈이 있는 양 키즈가 하겠지만 6차전 이상 진행될 가능성이 크지.

└어제 경기는 타자들이 잘해서 이긴 게 아니야. 한정훈이 혼자 다 한 경기지. 오늘 경기부터가 진짜 월드 시리즈라고.

└하리모토 쇼타의 포스트시즌 평균 자책점이 시즌보다 높아서 걱정이야.

└한정훈 다음에 던지는 게 쉽지 않으니까. 한정훈한테 눌 린 타자들이 이 악물고 덤벼들잖아.

└양키즈 타자들, 카일 브라운의 공을 치기 쉽지 않을걸?

└동감. 아메리칸리그에는 카일 브라운 같은 투수는 없으 니까. 게다가 싱커볼러고.

└아마 양키즈 놈들은 주야장천 땅볼만 때리다 경기 끝날 거다. 두고 봐.

야구팬들은 두 투수의 시즌 성적보다는 스타일에 초점을 맞췄다.

호쾌한 투구 폼으로 공을 던지는 하리모토 쇼타는 정통파 스타일이었다. 그에 비해 독특한 디셉션과 투구 폼을 가지고 있는 카일 브라운은 확실히 기형적인 투수였다.

내셔널리그에 하리모토 쇼타 같은 스타일의 좌완 투수가

많다는 점도 자이언츠에게 확실히 유리해 보였다.

하지만 카일 브라운처럼 던지는 투수는 메이저리그 전체를 통틀어도 카일 브라운 한 명뿐이었다.

야구팬들은 그 차이가 승부에 결정적인 변수로 작용할 가능성이 커 보였다.

그리고 그 예상은 정확하게 맞아떨어졌다.

자이언츠 타자들은 하리모토 쇼타를 상대로 거침없이 방망이를 휘둘렀다.

하리모토 쇼타가 2년 연속 18승을 거두며 아메리칸리그를 대표하는 좌완 투수 중 한 명으로 우뚝 섰지만, 자이언츠 타자들은 눈곱만큼도 위압감을 느끼지 않았다.

바로 직전 시리즈에서 클레이튼 커셔라는 큰 산을 넘고 온 자이언츠다. 하리모토 쇼타가 좋은 투수인 건 사실이지만 그렇다고 해서 넘지 못할 산은 아니라고 여겼다.

-조지 지라디 감독, 결국 마운드에 오릅니다.

-하리모토 쇼타, 오늘 잘 던져 줬는데요. 7회를 끝마치지 못합니다.

-6과 1/3이닝 동안 안타 8개, 사사구 2개. 실점은 2점밖에 내주지 않았는데요.

-지금 루상을 꽉 채우고 있는 주자들이 문제입니다. 이들

이 전부 홈으로 들어온다면 하리모토 쇼타의 자책점은 5점으로 늘어날 겁니다.

매 이닝 주자를 내보내며 고전하던 하리모토 쇼타는 7회 초, 1사 주자 만루 상황을 뒤로한 채 마운드에서 내려왔다.

다행히 구원 등판한 불펜진이 1실점으로 위기를 막으면서 하리모토 쇼타의 자책점은 3점에 그쳤지만, 경기의 분위기는 자이언츠 쪽으로 완전히 넘어간 상태였다.

반면 자이언츠의 선발 카일 브라운은 독특한 투구 스타일로 양키즈 타선을 3안타로 틀어막았다.

제구가 불안해 5개의 사사구를 내주긴 했지만, 무려 3개의 병살타를 유도하며 7회까지 1실점으로 버텼다.

마운드를 이어받은 불펜진도 2이닝을 무안타 무실점으로 틀어막고 자이언츠의 첫 승을 지켰다.

최종 스코어 3 대 1.

자이언츠 팬들이 그토록 바라던 반격의 서막이 울렸다.

"이 기세를 몰아 홈 3연전에서 시리즈를 끝내겠습니다."

자이언츠의 브라이언 보치 감독은 거침이 없었다. 목표였던 1승 1패를 달성한 만큼 홈에서 어떻게든 우승컵을 들어

올리겠다며 의욕을 불태웠다.

반면 무기력하게 2차전을 내준 조지 지라디 감독은 신중했다.

"오늘은 운이 따르지 않는 경기였습니다. 샌프란시스코 원정에서는 더욱 좋은 경기를 펼칠 수 있도록 노력하겠습니다."

양키즈와 자이언츠는 3차전 선발로 각각 다나카 마스히로와 조시 버닝을 예고했다.

양키즈 언론들은 다나카 마스히로보다 테너 제이슨이 3차전에 나가야 한다고 주장했지만 조지 지라디 감독은 다나카 마스히로를 고집했다.

"월드 시리즈야. 하리모토 쇼타도 긴장했다고. 그런데 테너 제이슨을 내보내라니. 제정신들이야?"

2차전 패배 이후 조지 지라디 감독은 경험이 많은 선수를 중용하겠다는 뜻을 분명히 했다.

단순히 구위만 놓고 봤을 때 테너 제이슨이 다나카 마스히로보다 앞서고 있었지만 월드 시리즈라는 부담감을 감당해낼 수 있는 건 다나카 마스히로라고 여겼다.

다나카 마스히로는 조지 지라디 감독의 기대에 부응하기 위해 최선을 다했다.

6이닝 5피안타 2실점.

타석에서도 희생 번트를 성공시키며 팀 승리를 위해 최선을 다했다.

하지만 이번에도 타선이 도와주지 않았다. 홈에서 강하다는 조시 버닝이 워낙 좋은 공을 던지기도 했지만 타자들은 낯선 에이티 파크의 분위기에 좀처럼 적응하지 못했다.

안타 4개, 사사구 2개, 무득점.

타자들의 득점 지원이 없다면 설사 한정훈이 등판한다 하더라도 이기는 건 불가능했다.

1승 2패.

앞서가던 시리즈가 뒤집힌 상황에서 조지 지라디 감독이 내놓을 수 있는 카드는 하나뿐이었다.

"4차전 선발은 한정훈입니다."

기자들은 하나같이 고개를 끄덕였다. 휴식일이 사흘밖에 되지 않았지만, 침몰 직전의 양키즈를 다시 끌어올려 줄 수 있는 건 오직 한정훈뿐이었다.

기자들의 시선이 다시 브라이언 보치 감독 쪽으로 향했다. 1차전에 이어 4차전에서도 에이스 간 맞대결이 성사될 수 있을지 궁금해진 것이다.

하지만 브라이언 보치 감독은 한정훈과 에디슨 범가너의 맞대결을 거부했다.

"4차전에서는…… 알베르토 메시아를 선발로 기용하겠습니다."

4차전은 버린다.

시리즈를 앞서가는 브라이언 보치 감독이 여유를 부렸다.

브라이언 보치 감독. 에디슨 범가너 대신 4선발 알베르토 메시아 선택.

자이언츠, 선수보다 우승이 먼저? 팬들을 농락하는 결정!

뉴욕 언론은 기다렸다는 듯이 분노를 쏟아냈다. 월드 시리즈 우승을 위해서라도 에디슨 범가너 카드를 한정훈과 맞붙여 소진시켜야 하는데 브라이언 보치 감독이 약은 수를 써버렸으니 다들 흥분을 감추지 못했다.

반면 샌프란시스코 언론은 현명한 선택이었다며 브라이언 보치 감독을 두둔했다.

승리를 위해 선수를 희생시키는 양키즈의 비겁한 변명은 들을 가치도 없다.

에디슨 범가너의 휴식일을 보장해 준 브라이언 보치 감독이야말로 진정 선수를 위하는 감독.

양키즈는 한정훈 이외에 투수가 없나?

4차전이 시작되기 직전까지 뉴욕과 샌프란시스코 언론의 장외 설전은 계속됐다.

하지만 팽팽하게 진행된 설전처럼 4차전이 팽팽한 투수전으로 전개될 거라 기대하는 이들은 아무도 없었다.

–큽니다! 쭉쭉 뻗어 갑니다!

–요하니스 페데즈! 샌프란시스코 원정에서 월드 시리즈 첫 홈런포를 가동합니다!

앞선 두 경기에서 형편없는 경기력을 선보였던 양키즈 타자들은 경기 초반부터 장타를 때려내며 흐름을 끌고 왔다.

에이스 한정훈의 등판 경기이고 월드 시리즈 우승을 위해 꼭 이겨야 한다는 각오가 선수들의 방망이에 불을 지펴 놓았다.

1회에 2점, 3회에 3점, 5회에 2점, 7회에 1점.

홀수 이닝마다 점수를 뽑아내 준 양키즈 타선 덕분에 한정훈도 7이닝만 던지고 마운드에서 내려갈 수 있었다.

7이닝 4피안타 1사사구 1실점.

타석에 들어서는 부담 때문에 포스트시즌을 통틀어 첫 실점을 기록하긴 했지만, 월드 시리즈 스코어를 원점으로 되돌리는 데는 아무런 문제가 없었다.

"5차전 선발은 에디슨 범가너입니다."

한정훈의 호투에 쓴웃음을 짓던 브라이언 보치 감독은 아껴두었던 에디슨 범가너를 출격시켰다.

한정훈만큼이나 홈경기에 강한 에디슨 범가너라면 하리모토 쇼타를 상대로 충분히 승리를 거둘 수 있다고 판단했다.

그러자 이번에는 조지 지라디 감독이 배짱을 부렸다.

"5차전에는 테너 제이슨이 나설 겁니다."

하리모토 쇼타를 홈 6차전을 위해 아껴두기로 결정을 내린 것이다.

당연하게도 언론은 발칵 뒤집혔다.

[테너 제이슨? 조지 지라디 감독! 정신 나간 결정!]
[5차전을 내주면 6차전에서 끝날 터! 조지 지라디 감독 독선을 돌

려야 할 때!]

평소 같았으면 한정훈의 호투에 대한 찬사를 늘어놓았을 뉴욕 언론은 5차전 직전까지 조지 지라디 감독에 대한 비난을 쏟아냈다.

5차전을 놓칠 경우 7차전까지 가기 전에 자이언츠에게 우승을 빼앗기게 될 것이라며 지금이라도 선발을 바꿔야 한다고 주장했다.

하지만 조지 지라디 감독은 눈 하나 까딱하지 않았다.

"월드 시리즈에서 우승하지 못하면…… 양키즈 감독 자리에서 물러나겠습니다."

오히려 감독 사퇴를 걸고 언론에 맞불을 놓았다.

논란 속에 치러진 5차전은 자이언츠의 2 대 1, 한 점 차 승리로 끝이 났다.

테너 제이슨이 6이닝 2실점으로 호투했지만, 에디슨 범가너라는 벽을 넘지 못했다.

그렇게 월드 시리즈의 향방은 다시 뉴욕으로 넘어갔다.

to be continued

지갑송 퓨전 판타지 장편소설

레벨업하는 몬스터

Wi Book

[특성개화 100% 완료]

시스템 활성화
특성 개화로 인하여 종족 변경:
인간 ➡ 몬스터

인간과 몬스터가 공존하는 현대.
갑작스런 특성의 개화.
기사도 사냥꾼도 아닌 몬스터로 종족이 변했다!
더 이상 인간으로 생활이 불가능한 상황!

"도대체 뭘 어떻게 하면 되냐고!"

처절하게 레벨을 올려야
사람으로 살 수 있다!

SUPER ACE
슈퍼에이스

예성 장편소설

야구 선수의 프로 계약금이 내 꿈을 정했다.

"왜 야구가 하고 싶니?"

"돈을 벌고 싶어요!
집을 살 수 있을 만큼!"

시작은 돈을 벌기 위해서였다.
하지만 이제는 꿈의 그라운드를 위해서
메이저리그 명예의 전당을 노린다!

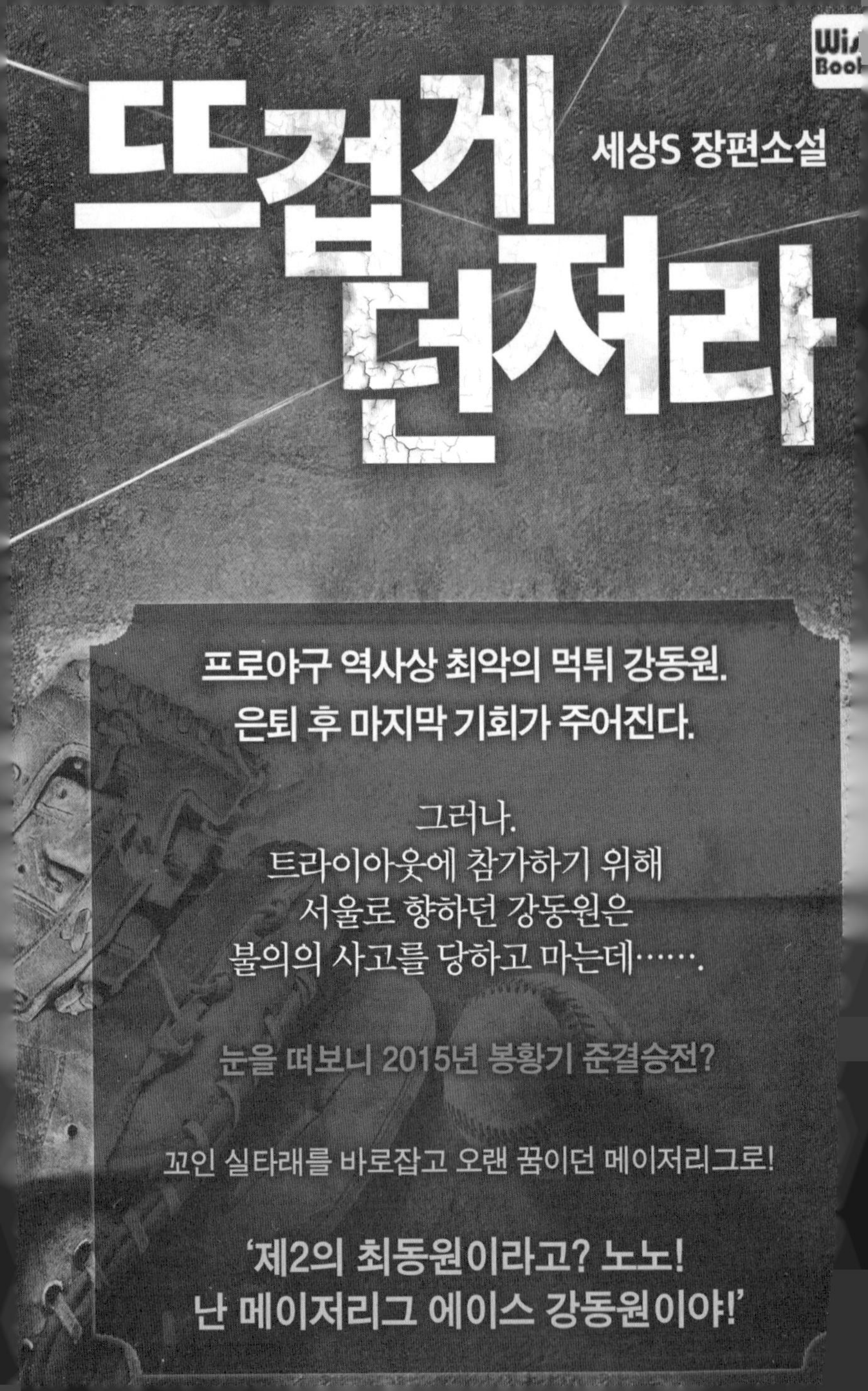
WisBook
뜨겁게 던져라
세상S 장편소설
프로야구 역사상 최악의 먹튀 강동원.
은퇴 후 마지막 기회가 주어진다.
그러나.
트라이아웃에 참가하기 위해
서울로 향하던 강동원은
불의의 사고를 당하고 마는데…….
눈을 떠보니 2015년 봉황기 준결승전?
꼬인 실타래를 바로잡고 오랜 꿈이던 메이저리그로!
'제2의 최동원이라고? 노노!
난 메이저리그 에이스 강동원이야!'